Petra Freudenberger-Lötz

Klara und das Glück

ctb calwer taschenbibliothek 116

Petra Freudenberger-Lötz

Klara und das Glück

Ein Sommer voller Überraschungen

Mit Illustrationen von Andreas Bothmann

Calwer Verlag Stuttgart

Bibliografische Information der Deutschen Bibliothek

Die Deutsche Bibliothek verzeichnet diese Publikation in der Deutschen Nationalbibliografie; detaillierte bibliografische Daten sind im Internet über *http://dnb.ddb.de* abrufbar.

ISBN 978-3-7668-4252-7

Satz und Herstellung: Karin Class, Calwer Verlag
Umschlaggestaltung: Karin Class, Calwer Verlag unter Verwendung einer Zeichnung von Andreas Bothmann
Druck und Verarbeitung: Beltz Druckpartner GmbH & Co. KG, Hemsbach
Internet: www.calwer.com
E-mail: info@calwer.com

Inhalt

Wie alles kam

Elly und ich lauschen. Da – wieder das Schnauben, dieses Mal deutlicher. „Das ist Thalos!“, flüstere ich aufgeregt. Ich erkenne ihn genau. Elly wird bleich im Gesicht. „Komm!“, fordere ich sie auf. Elly erhebt sich und wir bahnen uns einen Weg durch das Gestrüpp. Wir bleiben dicht hintereinander und sprechen nicht. So leise wie möglich bewegen wir uns vorwärts. Es ist ein beschwerlicher Weg. Plötzlich knackst ein Stöckchen unter meinem Fuß. Wir bleiben kurz stehen und halten die Luft an. Niemand in Sicht, niemand zu hören. Es kann weitergehen. Mein Herz rast wie verrückt.

Da wache ich auf. Ich bin noch durcheinander. Ich habe geträumt – vom größten Abenteuer meines Lebens. Der Sommer dieses Jahres war der spannendste und wichtigste, den ich je erlebt habe. Ich werde ihn nie vergessen und ich möchte mich immer daran erinnern, was ich über mein Leben und über das Glück im Leben gelernt habe.

Darum habe ich auch begonnen, meine Geschichte aufzuschreiben. Ich habe mich hingesetzt und lange überlegt, wie ich anfangen könnte. Auf einmal ging es los. Das Schreiben fiel mir mit der Zeit ganz leicht. Denn beim Schreiben war ich mitten in meiner Geschichte. Genauso geht es mir jetzt auch beim Lesen. Das ist ein tolles Gefühl. Es kribbelt. Ich erlebe alles noch einmal.

Doch jetzt von Anfang an …

Sechs Wochen ist es nun her: Die Ferien haben ganz normal begonnen. Schulsachen verstauen. Urlaub. Ich habe meinen Koffer gepackt und meinen Freunden geschrieben oder erzählt, dass ich jetzt für zwei Wochen offline sein würde. Dann habe ich meinen Laptop zugeklappt und Mama, mein kleiner Bruder Hannes und ich sind zum Flughafen gefahren. Mein großer Bruder Finn war nicht dabei. Er befand sich gerade auf einer Sprachreise in England. Von dort aus sollte er in einer Woche zu uns nachkommen. Vor dem Flug habe ich mit meiner Freundin Anna telefoniert und danach mein Handy ausgeschaltet. Plötzlich überkam mich das Gefühl der Freiheit, ein Leben nach dem eigenen Takt zu führen, unabhängig vom Stundenplan, den Hausaufgaben und so weiter … Darauf habe ich mich sehr gefreut. Nach Pitsidia auf Kreta ging unsere Reise. Pitsidia ist ein kleines Dorf im Süden der Insel am schönen Komo-Strand. Vor drei Jahren sind wir das erste Mal hier gewesen und wir haben uns gleich in diesen Ort verliebt. „Mama Lina“ hat mit ihrem Mann Miltos eine kleine Pension mit Zimmern und Apartments. Lina hat einige Jahre in Deutschland gelebt, sie spricht wirklich gut Deutsch und sie weiß, wie Deutsche leben. Doch sie ist Griechin. Sie kocht original kretisch und es schmeckt superlecker. Vor allem ist sie ein sehr interessanter Mensch mit einer besonderen Ausstrahlung und viel Lebenserfahrung. Dann gibt es noch Regina mit ihrer Familie, die eine

Horsefarm betreibt. Ich mag ihre Pferde und all die anderen Tiere auf dem Hof. Und natürlich Reginas Kinder und ihren Mann Dios. Auf den Pferden kann man lange am Strand entlang reiten, das ist wunderbar.

Auf das Wiedersehen habe ich mich so gefreut. Und ich war gespannt, ob ich neue nette Menschen kennenlernen würde.

1

Angekommen. Lina umarmt Mama, Hannes und mich. „Klara, du bist jetzt schon 14, und Hannes, du bist 11. Wie die Zeit vergeht. Ihr seid gewachsen. Und ich freue mich auch auf Finn." Hat sie Tränen in den Augen? Freude des Wiedersehens? Mir geht es ähnlich, ich freue mich auch total, dass ich Lina sehe. „Ich bin ferienreif", sage ich. „Du wirst dich erholen", erwidert sie optimistisch und schaut mich liebevoll an. „Griechischer Salat mit Tzaziki und Spezial-Pizza? Dazu gefüllte Tomaten und gebackenen Schafskäse?" „Supergerne, aber denke daran, Finn ist noch nicht da!", sage ich lachend. Denn wenn Finn dabei ist, brauchen wir fast doppelt so viel zu essen, und trotzdem ist mein Bruder total schlank. Der hat's echt gut …

Wir sitzen auf der Terrasse, der Wind streift sanft über unser Gesicht, am Horizont geht die Sonne unter. Das fühlt sich so gut an. Ich atme tief ein und aus.

Nach einiger Zeit setzt sich Lina zu mir: „Warum bist du denn ferienreif? War es schwierig in der Schule?" Ich überlege, aber mir fällt gar nicht so schnell ein, was ich

sagen soll. Die Schule ist natürlich kein Zuckerschlecken, aber ich komme zurecht. Ich habe gute Freunde und in meiner Familie fühle ich mich wohl. Gut, meine Eltern haben sich getrennt, aber das ist o.k. Ich habe mich an die neue Situation gewöhnt. Ich freue mich auch auf die Woche, die ich mit Papa am Ende der Ferien verbringe. Und ich habe auch ein tolles Hobby: Ich reite. Es fehlt mir so gesehen an nichts. Und doch fühlt es sich so an, als würde mir etwas fehlen.

„Komisch", sage ich zu Lina. „Ich kann es gar nicht richtig beschreiben. Ich fühle mich einfach oft unter Druck, von anderen bestimmt. Manchmal frage ich mich, wer ich bin oder wie ich bin. Ich sehne mich danach, glücklich zu sein. Ich glaube, glücklich sein hat mit Freiheit zu tun – und ich fühle mich so oft abhängig. Ich möchte mein Leben so leben, dass ich ‚Ich' bin. Aber ich weiß gar nicht genau, wer ich bin. Verstehst du, was ich meine?“ Lina schaut überrascht. Ich muss innerlich kichern, sie sieht jetzt so lustig aus. „Ein bisschen verstehe ich es schon, aber du musst mir noch helfen.“ Lina schaut mich interessiert an. Ich überlege kurz. „Kennst du das Gefühl, morgens beim Aufwachen keine Lust zum Aufstehen zu haben, weil viel zu tun ist oder schwere Aufgaben auf dich warten, die du dir nicht selbst ausgesucht hast? Kennst du das Gefühl, traurig zu sein, weil vielleicht Wünsche nicht in Erfüllung gehen oder du dein Ziel nicht erreicht hast? Ich bin dann von mir enttäuscht und ich frage mich, was ich anders machen kann.“

Lina lächelt: „Oh ja. Das kenne ich. Jetzt verstehe ich, was du meinst.“ Und nach einer Pause sagt sie: „Nimm dir doch im Urlaub einfach genug Zeit, um Antworten auf diese Fragen zu finden.“ Sie schaut mich an, als würde sie die Antworten kennen. „Und wie geht das?“, frage ich neugierig. „Es gibt keine Rezepte, Klara. Aber es gibt ein paar Dinge, Gedanken und Ideen, die dich wirklich weiterbringen. Ich nenne sie ‚Wegweiser‘. Weil sie mir oft helfen, im Durcheinander des Lebens meinen Weg zu finden.“ Lina schaut mich wieder nachdenklich an. Stille herrscht zwischen uns. Solche Stille mag ich. Dann ergänzt Lina: „Ich bin mir sicher, du findest hier in Pitsidia deine eigenen Wegweiser.“ Ich schaue Lina an, die mir in diesem Moment sehr rätselhaft vorkommt. „O.k., ich werde morgen gleich mit der Suche beginnen“, sage ich. „Aber irgendwie weiß ich noch nicht, wie das gehen soll.“ Lina lächelt: „Das wirst du schon herausfinden.“

2

Mein Wecker klingelt: Kurz vor fünf nach deutscher Zeit, das ist kurz vor sechs in Griechenland. Krass: In der Schulzeit ziehe ich frühmorgens die Decke über meinen Kopf und hier springe ich aus dem Bett. Ich freue mich auf die Pferde und die neuen Erlebnisse am heutigen Tag. Schon lange hatte ich nicht mehr das Gefühl, dass mir ein Tag einfach so geschenkt wurde. Bei diesen Gedanken falle ich zurück auf mein Bett. Was war das? Woher kommen die Gedanken? Was hat Lina gestern gesagt? Wegweiser soll ich hier im Urlaub finden! Ist das ein Wegweiser? **Ein neuer Tag ist mir geschenkt und *ich* kann diesen Tag gestalten.** Ich schreibe diesen Satz schnell auf einen Notizzettel. Super Gefühl. Ich ziehe mir die Reitsachen an, trinke noch schnell ein Glas Wasser, esse eine Schokostange und schon laufe ich die Anhöhe zu Reginas Horsefarm hinauf. Von dort oben hat man einen tollen Blick auf das Ida-Gebirge und das Meer. Wir reiten so früh am Morgen, weil es später am Tag sehr heiß wird – zu heiß zum Ausreiten; außerdem kann der Strand dann wegen der Badegäste nicht mehr beritten werden. Am frühen Morgen ist alles für uns frei. Regina ist schon dabei, unsere Pferde zu putzen. Wir begrüßen uns, tauschen einige Neuigkeiten aus und sitzen bald schon auf dem Rücken von Thalos und Samson. Zuerst im Schritt durch das steinige und hügelige Gelände, dann im Trab und Galopp am Strand entlang.

Tolles Gefühl. Freiheit. Vertrauen. Ohne Sorgen ... Ich mag Reginas Pferde. Zu Hause reite ich auf Isländern. Regina zeigt mir geduldig, wie ich die kretischen Pferde am besten reiten kann.

Regina ist in Hamburg aufgewachsen und hat dann Kreta entdeckt, ihren Mann kennen gelernt und ist ausgewandert. Ihr früheres Leben in Deutschland war ganz anders als das Leben hier auf Kreta. Regina ist gerne hier, aber sie erkundigt sich auch nach allem, was ich so in der Schule erlebe und wie ich meine Freizeit gestalte. Hat sie Sehnsucht nach Deutschland? Regina hat drei Kinder, und ich frage mich, wo diese wohl später einmal leben werden: in Griechenland oder in Deutschland? Sie beherrschen beide Sprachen perfekt. Regina ist auch gespannt, sagt sie. Sie weiß noch nicht, wie sich ihre Kinder entscheiden werden. „Es gibt kein besser oder schlechter, aber es gibt Lebensweisen, die mehr oder eben weniger zu dir passen. Ich freue mich, wenn meine Kinder hier im Land bleiben, aber ich kann auch verstehen, wenn sie in Deutschland leben wollen. Schließlich bin ich auch meine eigenen Wege gegangen." Jetzt bewundere ich Regina. Sicher würde es ihr nicht leicht fallen, ihre Kinder ziehen zu lassen, aber sie möchte ihren Kindern die Freiheit zur eigenen Entscheidung lassen.

Mittlerweile sind wir wieder auf dem Hof angekommen. Es war ein großartiger Ausritt. Wir satteln die Pferde ab, sie bekommen Johannisbrot als Belohnung und werden auf die schattige Weide gebracht. „Bis morgen", rufe ich Regina zu. „Tschüss und einen schönen Tag!" Den werde ich haben, denke ich bei mir. Jetzt habe ich richtig großen Hunger. Ich dusche mich in unserem Apartment (und das dauert lange, denn der Wasserstrahl beim Duschen ist ziemlich bescheiden …) und wir gehen gemeinsam zum Frühstück. In meiner Hosentasche habe ich den Notizzettel mit meinem ersten Wegweiser. Vielleicht ergibt sich ja eine Gelegenheit zum Gespräch mit Lina. Darauf freue ich mich.

Lina wartet schon auf uns. Brot, Kuchen, Käse, Wurst, Obst, Tomaten, Gurken, griechischer Joghurt, Eier, Milch, frisch gepresster Orangensaft, Kaffee, Tee, … alles, was ich mir zum Frühstück wünsche, ist dabei. Wir sitzen auf der Terrasse der Taverne und lassen noch einmal den Wind um unsere Nasen wehen, bevor es zunehmend wärmer wird. Bald kommt Lina an unseren Tisch. „Alles gut? Braucht ihr noch was?", fragt sie – wie immer. Alles ist bestens – auch wie immer. Als ich fertig bin, gehe ich zu Lina in die Küche. Lina lacht. „Ich war früher auch immer bei meiner Mutter und meiner Oma in der Küche – so wie du jetzt bei mir", sagt sie. „Dort habe ich alles für mein Leben gelernt, das Kochen und vieles, was sonst noch wichtig ist." Ich lächele auch und lege ihr meinen Notizzettel auf den Küchentisch. **Ein neuer Tag ist mir geschenkt und *ich* kann diesen Tag gestalten**. „Oh, was ist das für ein schöner Spruch. Wo hast du ihn gefunden?" „Er ist mir eingefallen, als mein Wecker heute früh klingelte und ich mich auf den neuen Tag freute. Ist das ein Wegweiser?" „Aber sicher, er ist klar und leuchtend. Darf ich ihn mir in der Küche aufhängen? Ich möchte ihn mir merken." „Wenn du magst, gerne." Lina zieht die Schublade auf und holt ein kleines Büchlein heraus. „Ich habe dieses Büchlein für dich. Es hat nur wenige Seiten: Immer wieder kannst du einen Wegweiser eintragen, der dir wichtig ist. Schreibe deinen ersten Wegweiser auf die erste Seite, den zweiten auf die zweite und so weiter. Wenn du mal keinen findest, denkst du einfach über die nach, die du schon gefunden hast. Es kommt auch nicht auf die Menge an, sondern darauf, dass die Wegweiser zu dir passen." Ich bin überrascht: „Wie bist du auf die Idee gekommen? Hast du auch eines?" Lina schaut mich an: „Du gefällst mir. Ja, ich habe auch ein Buch. Als ich jung war, stellte ich mir ähnliche Fragen. Das Buch und die Wegweiser haben mich in meinem Leben begleitet. Eigentlich sind die Wegweiser so einleuchtend und leicht zu merken, doch wie schnell vergessen wir sie im Alltag. Mein Büchlein sieht schon sehr gebraucht aus, weil ich es mir oft anschaue, um nichts zu vergessen. Ich schreibe auch immer einmal wieder etwas hinzu.“ „Darf ich es sehen?“, frage ich. Lina schaut mich an. „Was hältst du davon, wenn wir uns am Ende deines Urlaubs gegenseitig unsere Bücher zeigen?“ „Ja, das ist cool!“ Ich drücke Lina ganz fest. Dann schreibe ich meinen ersten Wegweiser auf, schenke Lina den Notizzettel und verabschiede mich von ihr. Auf einmal fühle ich mich unbeschreiblich glücklich.

Die anderen warten schon ungeduldig. Hannes schlägt vor, dass wir heute an den Strand gehen. Und schon geht’s los …

3

Der Strand hat sich in den letzten drei Jahren nicht verändert. Er ist sooo schön. Weißer Sandstrand, soweit das Auge reicht. Es ist wohltuend ruhig, nur das Meeresrauschen und das Tanzen der Wellen geben eine entspannende Geräuschkulisse ab. Wir wählen einen Schirm und zwei Liegen und machen es uns gemütlich. Die Mittagshitze ist sehr groß, doch am Strand fällt das gar nicht so auf, denn es weht ein angenehmer Wind. Ich creme mich ein und beobachte das Naturschauspiel am Meer. Dann renne ich mit meinem kleinen Bruder in die Wellen. Hannes ist 11 Jahre alt, manchmal eine Nervensäge, aber oft auch ein guter Spielkamerad. Hannes ist immer in Bewegung, er kann nicht ruhig sitzen. Hannes fährt zu Hause gerne Mountainbike. Er kann das richtig gut.

Oft schaue ich ihm zu: Er nimmt Anlauf, springt über die Rampe und ist total lange in der Luft. Ich würde das nicht hinkriegen. Manchmal habe ich auch richtig Angst um ihn. Zum Glück trägt er einen Helm. Aber seine Knie sind total blau. Trotzdem: Das Mountainbike ist fast schon zu einem Teil seines Körpers geworden. Darum leihen wir ihm hier auf Kreta auch eines aus. Dann fährt er morgens mit uns die Strecke, die wir reiten.

Wenn ich so über Hannes nachdenke, fällt mir auf, dass ich schon gerne mit ihm zusammen bin und auch mit ihm spielen kann, als wäre ich noch ein Kind. Und ich kann mit meiner besten Freundin Anna, die schon 16 Jahre alt ist, reden, als wäre ich schon fast erwachsen. Es fühlt sich so an, als stünde ich dazwischen: Nicht mehr richtig Kind und auch noch nicht erwachsen. Da fühle ich mich oft hin- und hergerissen. Ich glaube, das ist es, was man Pubertät nennt. Komisches Wort.

Kennst du das Gefühl, in den Wellen einen Salto zu schlagen? Du müsstest dazu die Wellen hier am Strand sehen, sie sind sehr hoch. Wenn sie brechen, beginnst du den Salto nach vorne. Cooles Gefühl. Das kostet schon Überwindung. Aber mit ein bisschen Übung klappt es gut. Hannes ist nicht nur ein super Mountainbiker, sondern auch eine totale Wasserratte. Er kann stundenlang in den Wellen bleiben und Saltos schlagen. Zum Glück kann er gut schwimmen. Ich bleibe nie so lange am Stück im Wasser, denn ich möchte zwischendurch in meinem Buch lesen. Oder vielmehr in meinen Büchern. Drei dicke Bücher habe ich in den Urlaub mitgenommen. Ich habe sie alle zum Geburtstag bekommen, aber in der Schulzeit bin ich nicht zum Lesen gekommen. Jetzt finde ich es schön und entspannend. Ich tauche ab in eine andere Welt.

Es ist ein tolles Gefühl, keine Verpflichtungen zu haben. Den Tag einfach zu leben und zu genießen. Natürlich gibt es auch mal Stress. Zum Beispiel, wenn wir die Frage diskutieren, wie lange wir am Strand bleiben oder ob wir etwas besichtigen wollen. Aber mal ehrlich: Wenn ich mich deshalb aufrege, bin ich selbst schuld. Manchmal muss man eben Kompromisse schließen. Ich bin ja nicht alleine hier. Ich glaube, Kompromisse schließen kann ich besser als Hannes. Er denkt oft nur an sich. Ich meine das nicht böse, wahrscheinlich war das bei mir früher auch nicht anders. Ich denke jedenfalls, ich kann mich heute auch gut in die Lage der Erwachsenen versetzen und ich verstehe, dass sie nicht nur am Strand liegen wollen. Hey, wer spritzt mich da nass? – Hannes natürlich. Jetzt aber … Ich renne Hannes hinterher und wir beide fallen lachend in die Wellen. Manchmal ist es cool mit einem kleinen Bruder …

4

Wir sitzen wieder bei Lina auf der Terrasse und essen zu Abend. Sie kocht original kretisch. Manchmal schmecken die Gewürze ungewöhnlich. Zum Beispiel schmecken die gefüllten Tomaten irgendwie nach Weihnachtsgebäck. Ich muss lachen bei dieser Vorstellung. Lina auch. Heute ist viel Betrieb, aber Lina ist auffallend fröhlich. Oft kommt sie aus der Küche und fragt ihre Gäste, wie es ihnen schmeckt. Sie fragt immer so nett und mit einem besonderen Gesichtsausdruck, der ihre Gäste offenbar auch fröhlich macht. Ansteckende Fröhlichkeit. Lina zwinkert mir zu. „Dir geht es heute gut", stelle ich fest. „Der Tag ist mir geschenkt und ich kann ihn gestalten!", sagt sie. „Ich habe beschlossen, dass ich meine Gäste heute besonders verwöhnen möchte. Und ich merke, dass Freundlichkeit zurückkommt. Ich habe das Gefühl, dass mir meine Arbeit heute leichter fällt als sonst, obwohl ich viele Gäste habe." Ich bin erstaunt: „Ich dachte, du kennst alle Wegweiser. Ist mein Wegweiser neu für dich?" „Nein, er ist nicht wirklich neu. Aber du hast ihn mir neu ins Bewusstsein gerufen. Heute früh habe ich gedacht, dass ich gerne mit dir tauschen möchte. Ich möchte einen Tag frei haben und ihn nach meinen Wünschen gestalten. Und dann ist mir eingefallen, dass ich jeden Tag nach meinen Wünschen gestalten kann, egal welche Aufgaben auf mich warten." „Aber du kannst doch nicht dein Restaurant schließen und etwas anderes unternehmen!" Ich bin ziemlich verwirrt und verstehe Lina nicht. „Nein, das muss ich auch gar nicht. Ich bin ja hier. Und das ist das Tolle: Ich gehe meinen Pflichten nach – doch *wie* ich sie ausführe, das ist meine Entscheidung. Wenn ich die Spielräume nutze, die ich habe, kann ich auch bei schweren Aufgaben glücklich sein."

Das leuchtet mir noch nicht ganz ein. Ich beobachte Lina weiter. Sie scheint heute dahinzuschweben und bringt viele Menschen zum Lachen. Die meisten verlassen nach dem Essen gar nicht das Restaurant, sondern kommen miteinander ins Gespräch. Jetzt wird es rich-

tig gemütlich. Neben uns sitzen Susanne und Uwe mit ihrem Jungen. Er heißt Manuel und ist 11 Jahre alt – wie Hannes. Wir haben sie heute am Strand getroffen und ihnen von Lina erzählt, und sie sind heute Abend gleich zum Essen gekommen, obwohl sie gar nicht direkt in Pitsidia Urlaub machen. Die drei schauen glücklich drein. „Toller Tipp", flüstert Uwe uns zu. „Wir kommen morgen wieder zum Essen hierher." Ich denke über Linas Worte nach. Wie ich meine Aufgaben ausführe, ist meine Entscheidung, hat sie gesagt. Lina führt ihre Aufgaben mit Leichtigkeit und Freude aus und das macht die Gäste zufrieden und Lina auch. Das muss ich mir merken. Ich hole mein Büchlein aus der Tasche. Dort steht: „Ein neuer Tag ist mir geschenkt und *ich* kann ihn gestalten." Ich füge hinzu: **„Auch wenn viele und schwierige Aufgaben auf mich warten, kann ich entscheiden, *wie* ich sie ausführe."** So ganz begriffen habe ich noch nicht, was das für mich bedeuten kann, aber wenn ich Lina sehe weiß ich, dass der Wegweiser richtig ist.

5

Wieder klingelt der Wecker. Ein neuer Tag ist da. Ich springe auf und warte auf schöne Gedanken. Ich setze mich auf die Bettkante. Ich warte und warte. Doch heute kommt mir kein neuer Wegweiser in den Sinn. Schade. Aber das wäre ja auch zu einfach und es wäre auch zu merkwürdig. Ich ziehe mich an, esse einen Riegel und laufe zu den Pferden. Regina ist schon wieder bei der Arbeit. Heute reiten noch einige Gäste aus Frankreich mit uns. Regina wechselt zwischen den Sprachen, sie hat viel zu tun, aber sie ist ja eine erfahrene Reiterin und Reitlehrerin. Wenn ich sie so beobachte, erkenne ich auch etwas von meinem Wegweiser: Regina stellt sich auf ihre Reitgruppen immer neu ein und zeigt allen, wie reiten Spaß macht. Egal, ob Anfänger oder fortgeschrittener Reiter, Regina findet immer die richtigen Worte und Wege. Manchmal strenger, manchmal lockerer, je nachdem, wer da auf dem Pferd sitzt. So wird es ihr bestimmt auch nicht langweilig. Es ist ein schöner Ausritt. Dieses Mal rede ich nicht viel mit Regina, ich genieße mein Pferd, die Natur, den neuen Tag. Es ist ein wunderbares Gefühl, auf Thalos zu reiten. Ich fühle mich schon sehr vertraut mit ihm und fürchte, der Abschied wird mir schwer fallen. Aber so weit darf ich jetzt noch nicht denken.

Nach dem Reiten gehen wir alle zügig zu Lina zum Frühstücken. Sie schaut mich voller Erwartung an, aber ich kann ihr keinen neuen Wegweiser zeigen. „Der Tag wird ihn dir bestimmt bringen, denn jeder Tag ist auf seine Weise spannend!“ Ich genieße den griechischen Joghurt mit Honig und Schokopulver – das ist meine eigene Kreation zum Frühstück. Dazu esse ich Brot mit Rührei. Ist vielleicht ungewöhnlich, aber mir schmeckt das. Lina hat sich heute besonders schick gemacht. Sie fährt in die nächstgrößere Stadt, um auf dem Markt einzukaufen. Zwischen Frühstück und Mittagessen bleibt dazu nicht viel Zeit, aber diese Zeit reicht ihr, um gutes, frisches Gemüse zu besorgen.

Heute habe ich meinen Tag des Beobachtens, stelle ich fest. Ich schweige, esse und lasse meine Augen umhergleiten. Zwei weitere Tische sind mit Gästen belegt. Andere sind noch frei. Im Urlaub gibt es sehr verschiedene Gewohnheiten: Die einen schlafen lange, die anderen stehen früh auf, um möglichst viel unternehmen zu können. Da fällt mir eine junge Frau auf, die mit einem Motorroller Richtung Strand fährt. Das ist ein cooles Fahrzeug, so eines wünsche ich mir auch. Am liebsten in knallrot, wie dieses hier. Hannes beendet mein Nachdenken: „Willst du heute sitzen bleiben?“, ruft er mir zu. Ich sehe, wie Mama und Hannes im Aufbruch begriffen sind, und gehe hinterher. Heute soll es einen schönen Strandtag geben, hat Lina gesagt: Die Wellen sollen etwas höher sein als sonst, aber vermutlich dürfen wir baden. Manchmal sind am Komo-Strand die Winde und Wellen nämlich so gefährlich, dass das Schwimmen verboten ist.

Am Strand angekommen sehe ich den Motorroller und freue mich. Vielleicht lerne ich die Frau kennen? Wie alt mag sie sein? Der Strand ist wieder nicht sehr voll. Wir wählen einen Schirm und zwei Liegen und machen es uns bequem. Die Wellen sind wirklich stürmisch. Ich schaue auf die Fahnen, die die Badeerlaubnis oder das Badeverbot anzeigen und sehe, dass wir baden dürfen. Also rein in die Wellen. Hannes stürmt voraus, ich hinterher. Wir fallen in das kühle Nass, spritzen uns voll und lachen. Manchmal kann ich einfach ausgelassen sein. Mit Hannes versuche ich mich im Sychron-Wellen-Tauchen. Das sieht bestimmt lustig aus, jedenfalls macht Mama viele Fotos. Auf Kommando tauchen wir in die Wellen. Das machen wir oft hintereinander. Da bemerke ich auf einmal die junge Frau neben uns. Sie versucht – mit einigem Abstand – uns nachzueifern. Nach ein paar Übungsrunden gelingt es ihr auch ganz gut. „Darf ich mal bei euch mitmachen?", fragt sie. „Klar", erwidere ich. Und ich freue mich, dass sie uns einfach anspricht – und dazu noch auf Deutsch. „Ich zähle eins-zwei-drei, und dann tauchen wir in die Wellen ein!" Und schon geht es los, so lange, bis wir alle ziemlich viel Wasser geschluckt haben. „Ich kann nicht mehr!", sagt die junge Frau. Langsam möchte ich ihren Namen wissen. „Junge Frau" klingt blöd in meinen Gedanken. „Gehen wir raus!", schlage ich vor. „Ihr seid gemein!", meckert Hannes. Aber schon kommt Mama ins Wasser gestürmt und Hannes ist abgelenkt.

„Kommst du aus Deutschland?", frage ich. „Ja. Ich heiße Elisabeth, aber sag ruhig Elly zu mir. Und du?" „Ich bin Klara und das ist Hannes. Bist du alleine hier, Elly?" „Ja, dieses Jahr bin ich alleine. Ich war schon öfter mit meiner Familie oder mit Freunden hier. Dieses Jahr wollte ich aber alleine sein, da ich einige Aufgaben zu erledigen habe und mir manches vorgenommen habe." „Im Urlaub?", frage ich erstaunt. „Ja." „Und was hast du dir vorgenommen?" „Ich möchte ein paar Lieder schreiben und dazu brauche ich Ruhe und Zeit." „Bist du Sängerin?“ „Ich studiere Musik und ich singe gerne. Und ich möchte auch mit eigenen Stücken im nächsten Semester arbeiten.“ „Wie alt bist du? Darf ich du sagen?“ „Ich bin 21. Klar darfst du „du“ sagen. Ich bin doch nicht deine Lehrerin.“ Elly lacht. „Nee, das bist du nicht, aber das wäre cool.“ „Warum?“ „Lehrerin mit rotem Motorroller, die eigene Lieder singt. Fänd ich cool. Hast du den Roller aus Deutschland mitgebracht?“ Wieder lacht Elly. „Nein, den habe ich hier ausgeliehen. Das mache ich immer. Damit bin ich flexibel und es ist nicht so heiß wie im Auto.“ Das leuchtet mir ein. „Wirst du einmal so eine richtige Sängerin?“ „Ach, das schaffen nur wenige, mal sehen, wie mein Weg aussehen wird. Mein erstes Ziel ist eigentlich, dass ich Lehrerin werden möchte. Ich studiere neben Musik auch Religion. Und am liebsten möchte ich später Schülerinnen und Schüler unterrichten, die so in deinem Alter sind.“ Elly schmunzelt und schaut mich an. Doch ich kann mein Entsetzen nicht verbergen: „Religion? Du Arme!“, bedauere ich sie. „Warum bin ich arm?“ „Weil es schwer ist, Reli zu unterrichten. In meiner Klasse passen die meisten nicht auf, viele stören und finden das Fach doof.“ „Das ist sehr schade.“ Elly sieht traurig aus. „Ich finde meinen Glauben sehr wichtig für mein Leben.“ „Wirklich?“ „Klar.“ „Und warum?“ „Wie kann ich das am besten sagen?“ Elly schaut lange in die Wellen. „Vielleicht könnte man sagen, der Glaube ist ein Wegweiser für mein Leben. Ja, das ist ein guter Begriff: Wegweiser.“ Gerade habe ich eine Wasserflasche an den Mund geführt, doch sofort pruste ich das

Wasser in den Sand. Ich verschlucke mich und huste.“ Elly lacht wieder. „Geht es dir gut?“ Ich schaue Elly entgeistert an und kann nicht antworten. „Habe ich etwas Falsches gesagt?“, fragt Elly besorgt. „Nein, nein. Gar nicht.“ „Und was ist los?“ Ich denke nach, wie ich am besten den Anfang finde. Elly kennt mich ja gar nicht und ich sie auch nicht. Was kann ich ihr anvertrauen? Ach, ich wage es einfach: „Na ja, ich suche auch Wegweiser für mein Leben.“ „Das finde ich gut!“ Elly scheint gar nicht so erstaunt zu sein. „Du wunderst dich nicht?“, frage ich überrascht. „Wer braucht schon keine Wegweiser?“, fragt Elly und sucht ein paar schöne Steine im Sand. Dabei helfe ich ihr. Wir sind beide in Gedanken vertieft. Soll ich Elly weiter fragen? Elly schaut mich an: „Ich glaube, alle Menschen sind irgendwie auf der Suche. Sie fragen sich nach dem Sinn des Lebens und wie sie ihr Leben gestalten sollen. Manchmal merken sie genau, dass sie diese Fragen haben und dann wieder wollen sie lieber gar nichts mit solchen Fragen zu tun haben. Manche Menschen versuchen Antworten auf ihre Fragen zu finden, manche verdrängen die Fragen einfach.“ Elly betrachtet mich wieder und lächelt: „Weißt du, dass mir dein Alter gefällt? Ich schätze dich jetzt mal auf 14 oder 15 Jahre.“ „14, das stimmt.“ „In deinem Alter wollen viele Jugendliche neue Wege gehen. Sie sind nicht mehr Kind und sie müssen ihren Platz im Leben suchen. Ich habe mir immer vorgestellt, dass ich im Religionsunterricht bei dieser Suche helfen kann. Aber auch im Musikunterricht. Auch die Musik steckt voller Wegweiser." Jetzt bin ich ganz schön erstaunt. Fast kommt es mir vor, als wäre Elly für mich hier. Aber das kann doch nicht sein. Ich weiß gar nicht, was ich sagen soll. „Findest du das komisch, was ich sage?", fragt Elly nach einiger Zeit. „Nein!" Ich schaue ihr ins Gesicht. „Ich bin nur so überrascht. Es kann doch nicht sein, dass ich nach Wegweisern suche und zufällig dich treffe?" „Es kann schon sein, weil es so ist." Elly schaut mich fröhlich an. „Wollen wir wieder in die Wellen?" „Oh ja." Jetzt erst merke ich, dass ich ganz schön in der Sonne brate. Wir laufen um die Wette – und ich gewinne.

Mama freut sich, dass wir wieder da sind und mit Hannes spielen können. Sie verlässt das Meer. Hannes ist nicht aus dem Wasser zu bekommen. Eins-zwei-drei – zwölfmal schaffen wir es, dann verschlucke ich mich am Salzwasser und muss kurz an den Strand. Elly tobt

mit Hannes weiter. Ob sie sich einsam fühlt, so alleine im Urlaub? Ob sie schon ein Lied geschrieben hat? Und: Welchen Wegweiser kann sie mir empfehlen? Mir schwirrt der Kopf.

6

Elly kommt mit Hannes aus dem Meer. Das kann nur bedeuten, dass Hannes Hunger hat. Mir knurrt auch der Magen. „Na, was gibt's?", fragt Mama, die sich hinter ihrer Ferienlektüre verkrochen hat. „Ich habe Hunger und das ist Elly", ruft Hannes. Mama schaut über den Rand ihres Buches. „Hallo Elly. Ich habe dich mit den Kindern beobachtet. Das war ja sehr entspannend für mich. Ich heiße Mama und Maria." Alle lachen. „Gehen wir zur Taverne?", fragt Mama. „Jaaaa", ruft Hannes und hat für uns alle entschieden. Am Strand ist eine Taverne, in der wir gerne mittags Kleinigkeiten essen. Hannes macht sich sofort auf den Weg. Mist, denke ich bei mir. Ich wollte Elly so vieles fragen, aber wenn alle dabei sind? Mama läuft Hannes hinterher, ich bleibe mit Elly etwas zurück. „Ich würde gerne einen Wegweiser von dir kennenlernen." Elly überlegt. „Und um welches Thema soll es genauer gehen?", fragt sie. „Ich möchte lernen, mit schwierigen Aufgaben besser zurechtzukommen. Dass sie mich nicht schon am Morgen erdrücken." Elly schaut mich erstaunt an. „Na, da hast du dir ja was Wichtiges vorgenommen!" Dann lacht sie. Sie denkt nach, bis wir fast an der Taverne sind. Jetzt sagt Elly:

„Denke immer daran, dass du einmalig, unverwechselbar und unendlich wertvoll bist." Wir gehen zu Hannes und Mama und setzen uns an den Tisch. Ich gebe Elly ein Zeichen, dass wir später alleine weiter sprechen wollen. Sie versteht sofort. Elly ist wirklich einmalig und unverwechselbar, das habe ich schon gemerkt. Aber ich? Ich bin doch nur „ich". Was ist an mir schon Besonderes? Und was hilft mir dieser Spruch am Morgen eines anstrengenden Tages? Ich verstehe den Wegweiser nicht. Hoffentlich kann ich Elly später noch befragen. Meine Mama schaut uns alle sehr liebevoll an, während wir die Speisekarte studieren. Sie nimmt mittags immer den Griechischen Salat mit viel Tzaziki. Ich schaue sie heimlich auch ein bisschen an. Mir wird auf einmal bewusst, dass sie nie wirklich lange nachtragend ist, wenn ich mal Mist baue. Wahrscheinlich findet sie mich auch wertvoll. Sie rechnet mir nicht immer vor, was ich so alles gut oder schlecht gemacht habe. So habe ich das noch nie betrachtet. Mir kribbelt es auf einmal im Bauch. Ich mag Mama sehr gerne. Jeder Mensch ist anders. Ich mag auch Hannes – meistens. „Klara, was isst du?" Ich war ganz in Gedanken und habe mir noch nichts ausgesucht. Hannes ist mal wieder ungeduldig. Mittags essen wir kleine Gerichte, denn Lina wartet immer mit einem großen Abendessen auf uns. „Ich nehme wieder gefüllte Weinblätter."

Mama sagt immer, wenn ich vor schweren Aufgaben stehe, zum Beispiel vor Klassenarbeiten: „Versuche dich, so gut es geht, vorzubereiten, und dann gib dein Bestes. Was daraus wird, das kannst du dann gelassen hinnehmen.“ Mir fällt auch ein, dass sie nie bei einer schlechten Note böse wird, wenn ich mich angestrengt habe. Vielleicht gehören beide Wegweiser zusammen: Ich bin wertvoll, einmalig und unverwechselbar. Ich gebe mir Mühe und versuche mein Bestes. Auch wenn mir nicht immer alles gelingt, bin ich wertvoll. „Geht es dir gut?“, fragt Mama. „Ja!“, strahle ich. „Mama, ich muss kurz zu unseren Sachen, es ist wichtig.“ Mama schaut mich verwundert an. Jetzt merke ich, dass ich schon den Teller vor mir stehen habe. Ich warte keine Antwort ab, denn ich habe keine Frage gestellt. Schnell flitze ich zu unserer Liege, hole mein Büchlein aus meiner Tasche und schreibe den Wegweiser auf: **Ich bin wertvoll, einmalig und unverwechselbar. Ich gebe mir Mühe und versuche mein Bestes. Auch wenn mir nicht immer alles gelingt, bin ich wertvoll.** Zufrieden klappe ich das Büchlein zu und renne zurück zur Taverne. Mama und Elly sind in ein Gespräch vertieft, Hannes hat einen neuen Freund am Nachbartisch gefunden. Ich setze mich auf meinen Platz und esse meine Weinblätter. Ich bin glücklich. Nach dem Essen frage ich Elly: „Fühlst du dich nicht einsam?“ Elly lacht: „Nein, wie soll ich mich bei euch einsam fühlen?“ Und dann sagt sie: „Ich verstehe, was du meinst. Weil ich ja allein Urlaub mache, stellst du die Frage. Ich habe mich sehr auf meinen Urlaub gefreut, weil ich merke, dass ich manchmal Zeit für mich alleine brauche. Gestern

habe ich es übrigens geschafft, mein erstes Lied fertig zu schreiben und zu vertonen. Dann habe ich mir einen schönen Strandtag für heute vorgenommen. Hätte ich euch nicht getroffen, würde ich mich bestimmt einsam fühlen.“ Elly schaut mich fröhlich an. „Wie heißt dein Lied?“ „Es hat noch keinen Titel. Aber es geht um die Zeit und wie man sie verbringt. Vielleicht nenne ich es: ‚Zeit zum Leben‘.“ „Kannst du mir das Lied vorsingen?“, frage ich neugierig. „Hier in der Taverne? Lieber nicht. Ich singe aber heute Abend bei Lina.“ „Wirklich? Du kennst Lina?“ „Wer kennt Lina nicht? Sie ist die gute Seele von Pitsidia. Wir haben oft bei ihr in unserem Urlaub gewohnt. Irgendwann haben sich meine Eltern dann ein kleines Steinhaus gekauft. Seitdem wohnen wir im Urlaub in unserem Häuschen, aber wir gehen zum Essen noch ganz oft zu Lina. Es schmeckt so gut, wir verstehen uns sehr gut mit Lina und es ist immer gesellig dort. Übrigens habe ich mir deshalb auch gar keine Sorgen gemacht, einsam zu sein. Bei Lina ist es nie langweilig. Wohnt ihr auch dort?" „Ja!", rufe ich begeistert. Dass Elly Lina kennt, freut mich sehr. Und auf den Abend mit Elly und Gesang freue ich mich noch viel mehr.

Wir bezahlen und gehen wieder zu unserer Liege. Ich bleibe mit Elly wieder etwas zurück, Hannes und Mama laufen voraus. „Was machst du morgen? Gehst du wieder an die Arbeit?", frage ich Elly. „Mal sehen, vielleicht mache ich auch noch einen Urlaubstag. Habt ihr denn schon was vor?" „Ja, auf jeden Fall reiten wir am Morgen und dann gehen wir wahrscheinlich an den Strand. Oder hast du eine andere Idee?" „Wir haben das früher auch so gemacht: Wir waren die ersten Tage nur am Strand. Irgendwann waren wir dann erholt und gleichzeitig unternehmungslustig; dann haben wir die Insel erkundet. Wenn ihr mögt, kann ich euch Ausflugstipps geben." „Machen wir mal einen Ausflug mit dem roten Flitzer?", rutscht es mir heraus. „Du und ich?", fragt Elly. Ich nicke erwartungsvoll. „Wenn deine Mama es erlaubt, gerne." In diesem Moment bin ich wieder glücklich. Glück ist, wenn man unerwartet beschenkt wird, denke ich bei mir. Da zucke ich zusammen: Ein Wegweiser! „Was ist los?", fragt Elly besorgt.

„Ach nichts, mir ist nur was eingefallen." „Raus mit der Sprache!", fordert Elly energisch. **„Glück ist, wenn man unerwartet beschenkt wird**", sage ich. „Hey, das ist superschön. Du bist genial." Elly denkt nach. „Und wer wurde beschenkt?" „Na, ich natürlich, dass ich dich getroffen habe." Elly sagt nachdenklich: „Ich finde, Schenken und Beschenktwerden gehören zusammen. Ihr habt mir heute auch schon viel geschenkt." Ich schaue Elly an und freue mich. Sie hat recht. Für sie ist die Begegnung bestimmt auch schön.

„Jetzt wird es aber Zeit für die Wellen!", sagt Elly und schaut zum Strand. Mama und Hannes toben schon wieder im Meer. Wir rennen, so schnell wir können, zu unseren Liegen. Elly ist dieses Mal schneller als ich. Sie zieht ihr Shirt und ihre Hose aus, die sie über ihrem

Bikini getragen hat, und rennt in die Wellen. Ich hole erst noch mein Büchlein und schreibe auf die dritte Seite: **Glück ist, wenn man unerwartet beschenkt wird. Schenken und Beschenktwerden macht glücklich.** Ich betrachte mein Büchlein und bin ziemlich stolz auf meine drei ersten Wegweiser. Aber eine Frage beschäftigt mich: Warum ist Elly der Glaube eigentlich so wichtig? Das bekomme ich bestimmt noch heraus. Ich lege mein Buch zur Seite und ziehe mein Kleid aus, dann renne ich zu den anderen Wasserratten.

7

Ein wunderbarer Nachmittag liegt hinter uns. Wir duschen und ziehen uns um. Gleich gehen wir zum Abendessen und ab 22 Uhr singt Elly. Ob sie aufgeregt ist? Und was sie alles singt? Lina erwartet uns schon und ich sprudele nur so vor Neuigkeiten. „Langsam, langsam! Du bekommst ja gar keine Luft mehr." Lina lacht. „Ich freue mich so, dass du einen schönen Urlaub hast!", sagt sie. Ich erzähle ihr alle Erlebnisse des Tages und zeige ihr meine neuen Wegweiser. Lina schaut sie sich lange an. Sie lässt sich Zeit. Dann schaut sie mich an. Wieder betrachtet sie das Buch. „Du machst deine Sache sehr gut.", sagt sie. „Und ich freue mich, dass du Elly getroffen hast. Sie ist eine Perle." Dann fragt Lina noch: „Glaubst du, dass die Wegweiser dir einen guten Weg zeigen?" „Ja, sicher", antworte ich rasch. Lina ergänzt: „Nur wer von Wegweisern berührt ist, kann die Wege auch wirklich finden. Es gibt so viele Ratgeber auf dem Büchermarkt, du könntest jeden Tag ein neues Buch mit guten Ratschlägen lesen. Doch wertvoll werden die Ratschläge erst, wenn du sie mit deinen Erfahrungen verbinden kannst. Du wirst dich beim Lesen deiner Wegweiser sicher immer wieder an diesen Urlaub erinnern. Und dann entfalten die Wegweiser ihre Stärke!" Lina schaut ein wenig sehnsüchtig in die Ferne. Sicher ist es ihr auch so ergangen beim Lesen ihres Buches. Ich freue mich schon, wenn wir unsere Bücher vergleichen. Und ich bin auch gespannt darauf, ob es mir zu Hause gelingen wird, weiter an die Wegweiser zu denken und nach ihnen zu leben.

Da kommt Elly. Sie sieht toll aus. Ihre dunkelbraunen, langen, lockigen Haare wehen im Wind. Ich habe hellbraune Haare, sie sind auch ein bisschen wellig und ähnlich lang wie die von Elly. Fast könnten wir Geschwister sein. Im Herzen sind wir längst Schwestern geworden. Ich denke an meine Freundin Anna. Ihr würde es hier bestimmt auch gefallen. Anna ist auch wie eine Schwester für mich. Schade, dass ich ihr nur von den Wegweisern erzählen kann und sie sie nicht miterlebt. Ich habe Anna vor unserem Urlaub schon viel von Kreta erzählt und sie würde bestimmt gerne hier sein.

Elly setzt sich zu uns und wir bestellen unser Essen. Heute hat Lina frischen Nudelauflauf und frischen Kartoffelauflauf gemacht. Diese Aufläufe schmecken so herrlich, das ist ein Traum. Dazu gibt es Salat und Tzaziki, wie jeden Abend, außerdem frische Bohnen.

Ich habe mal gelesen, dass die Menschen auf Kreta besonders alt werden; das soll mit der gesunden Ernährung zusammenhängen. Wenn dieses leckere Essen also auch noch gesund ist, umso besser! Ich greife mit Appetit zu. Mama und Elly trinken ein Glas Weißwein zum Essen, ich trinke eine Zitronenlimonade. Ich spüre, dass Elly langsam aufgeregt wird. Aber ich spreche sie mal lieber nicht darauf an. Gegen 21.30 Uhr verlässt Elly unseren Tisch und geht in die Wohnung von Lina. Dort will sie sich einsingen, sagt sie.

Pünktlich um 22 Uhr ist sie bereit. Sie strahlt. Die Aufregung scheint verflogen. „Guten Abend, liebe Gäste von Lina und Miltos. Ich werde jetzt einige Lieder singen. Ich bin Musikstudentin, komme aus Deutschland und habe in meinem Studium Gesang als Hauptfach gewählt. Schon viele Jahre verbringe ich hier in Pitsidia meinen Urlaub. Ich fühle mich bei Lina wohl. Mir gefällt die kretische Lebensart, die ich hier erlebe. Freundlichkeit, Offenheit, Bescheidenheit, Dankbarkeit. Das spüre ich jedesmal. Dieses Jahr nutze ich den Urlaub, um eigene Lieder zu schreiben. Mein erstes Lied, ich habe es gestern fertiggestellt, singe ich gleich zu Beginn.

Der Titel lautet: ‚Zeit zum Leben'. Das Lied passt zum Urlaub, denn Sie alle sind hier, um sich zu erholen und Ihr Leben einmal in Ruhe und mit viel Zeit zu gestalten. Sie können die Zeit auch zum Nachdenken nutzen. Vielleicht ist Ihnen mein Lied eine Hilfe. Viel Spaß!"

Wer ist aufgeregter: Elly oder ich? Ich weiß es nicht. Ich lausche dem Gesang. Elly hat ihr Keyboard dabei, sie begleitet sich selbst. Eine wunderbare Melodie und ein Text zum Nachdenken: Elly singt vom Leben in Hektik und Stress, von der Erfahrung, das Schöne nicht zu erkennen und sich gegenseitig das Leben schwer zu machen. Sie singt aber auch von Erfahrungen des Glückes und der Dankbarkeit. Und dann singt sie von dem, der uns erschaffen hat, der uns liebt und für den wir unendlich wertvoll sind: Gott.

Plötzlich geht mir ein Licht auf und ich weiß, was der zweite Wegweiser mit Religion zu tun hat. Dass wir wertvoll und geliebt sind, können wir uns – so oft es geht – gegenseitig sagen und erfahren lassen. Wir sind aber auch von Gott geliebt und in seinen Augen wertvoll. Das ist es, was Elly meinte. Doch halt, ich frage mich: Gibt es Gott wirklich? Das müsste mir erst einmal jemand beweisen. Es wäre so schön, wenn alles stimmen würde, was wir im Konfirmandenunterricht gelernt haben. Dass wir nach dem Tod weiterleben zum Beispiel. Aber da bin ich mir nicht so sicher. Mama sagt immer wieder: „Wie es genau sein wird, das weiß niemand. Aber dass es einen Himmel und ein Leben mit Gott gibt, darauf vertraue ich."

Mama unterrichtet Religion. Aber uns Kinder zwingt sie nicht, an Gott zu glauben. Das finde ich gut. Denn ich möchte meinen Glauben lieber selbst entdecken. Und mit meinen Zweifeln selbst leben lernen. Ich halte inne, denke nach. Das gefällt mir: **Entdecke deinen Glauben, der dich durch dein Leben begleitet. Und lerne, mit deinen Zweifeln zu leben.** Krass! Wegweiser Nummer vier! Heute ist ein cooler Tag.

Elly hat ihr Lied beendet und erntet tosenden Applaus. Sie singt jetzt noch einige bekannte Lieder und die Gäste dürfen sich sogar Lieder wünschen. Elly singt wunderschön und spielt klasse auf dem Keyboard, finde ich. Ich bin stolz auf sie. Hoffentlich werde ich lange mit ihr befreundet bleiben. Das ist mein Traum.

Wieder denke ich an Anna. Sie muss Elly unbedingt kennenlernen. Wie das gelingen kann, weiß ich aber noch nicht …

Es ist ein Uhr. Ich falle ins Bett. Die Nacht wird kurz werden, aber wir sind ja im Urlaub …

8

Was ist das? Aaaah, mein Wecker. Ich erhebe mich langsam aus meinem Bett und taumle ins Bad. Etwas mehr Schlaf wäre schon nicht schlecht gewesen. Aber ich freue mich auf die Pferde und den neuen Tag. Schnell einen Schluck trinken und ab in die Reitkleidung. Ich laufe die Anhöhe zur Horsefarm hinauf und werde stutzig: Was machen die Polizeiautos hier? Aufgeregte Diskussionen höre ich, zwischendurch weint jemand. Was ist passiert? Ich nähere mich dem Hof. Regina spricht mit der Polizei, ihre Tochter Dora steht dabei und weint. Ich komme immer näher. Dora sieht mich und kommt auf mich zu. „Thalos wurde heute Nacht gestohlen!“ Sie weint bitterlich. Was? Mein lieber Thalos? Wer macht so etwas? Ich bin völlig durcheinander. „Vor einem halben Jahr wurde Isabella auch in der Nacht entführt. Seither ist sie weg. Und jetzt Thalos.“ Dora weint wieder. Tränen rollen über ihr Gesicht. Ich werde langsam wütend. „Wie kann jemand einfach Pferde stehlen? Wohin führt er die Pferde?“ Regina hat das Gespräch mit den Polizisten beendet und kommt zu uns. Sie nimmt Dora in den Arm. „Es gibt keine Spur, weder von Thalos noch von Isabella. Wir stehen vor einem großen Rätsel. Ich wünsche mir, dass es den Pferden wenigstens gut geht." „Wir müssen sie finden!", rufe ich. Regina schüttelt den Kopf. „Wir haben das letzte Mal alles abgesucht, was nur möglich war. Keine Spur. Ich fürchte, das wird wieder so sein. Vielleicht verschleppt jemand die Pferde und verkauft sie weit weg von hier. Aber natürlich werden wir alles versuchen." „Wie können die Pferde verkauft werden? Die Verbrecher haben doch keine Papiere von den Pferden!" Ich bin so aufgeregt. „Wenn man Pferde stehlen kann, kann man wahrscheinlich auch Papiere fälschen." Regina wirkt niedergeschlagen. „Wie kann ich dir helfen?", frage ich. „Ich habe den ganzen Tag Zeit!" Regina schlägt vor, dass wir uns stärken und dann das Gelände um Pitsidia absuchen. Die Polizei sei auch schon unterwegs, sagt sie. Ich gehe mit Regina ins Haus, aber da fällt mir ein, dass ich ja meine Familie und Elly informieren muss. Schnell laufe ich in unser Apartment und erzähle, was passiert ist. Ich ziehe meine Reitkleidung aus und frische Sachen an. Mein Handy stecke ich auch ein. „Erklärt Elly alles", rufe ich noch, dann bin ich wieder auf dem Weg zu Regina. Der Tisch ist gedeckt, wir essen ziemlich still und schnell. Dann beginnen wir, Pläne zu schmieden. Ich werde mit Dora ein Fahrrad nehmen und mit ihr die kleinen Feldwege rund um Pitsidia abfahren, die schlecht mit dem Auto zu befahren sind. Hannes wird auch mitkommen. Regina und ihr Mann nehmen das Auto, die beiden anderen Töchter ihre Motorroller. Wir trennen uns um 10 Uhr und planen das nächste Treffen um 17 Uhr. Jedes Team nimmt viel Wasser und auch Proviant mit auf den Weg.

Einsames, erfolgloses Fahren ... Ich sehe zwar viel von der Landschaft, aber eine unerträgliche Hitze drückt uns fast nieder. Wir werden matt und matter. Schon nach zwei Stunden können wir nicht mehr. Dora und ich machen im Schatten eines Johannisbrotbaumes Rast, Hannes fährt weiter in der Gegend herum. „Hier holen wir immer Leckerli für die Pferde." Dora weint wieder. Ich nehme sie in den Arm und weine mit ihr. Heute Nacht noch war ich so glücklich und jetzt spüre ich davon nichts mehr. Es gibt so einen Spruch, der heißt: „Jeder ist seines Glückes Schmied". Daran glaube ich nicht. Jedenfalls stimmt er nicht immer. Manchmal sind andere für unser Unglücklichsein verantwortlich und ich kann mir nicht vorstellen, dass es auch nur einen Menschen auf der Welt gibt, der in einer solchen Situation glücklich sein könnte. Dora erzählt mir viel von Thalos und von Isabella. Sie hat eine Menge guter Erinnerungen an beide, die sie jetzt mit mir teilt. Immer wieder muss sie weinen. Sie kann es nicht fassen. Besonders schlimm ist die Angst, es könnte so weitergehen. Mit einigen Monaten Abstand könnten immer wieder Pferde gestohlen werden, bis keine mehr da sind. Doch Dora überlegt: „So sind die Menschen auf Kreta nicht. Der Typ muss verrückt sein. Die Men-

schen auf Kreta, die ich kenne, sind ehrlich, dankbar und bescheiden. Das sagt auch meine Mama immer." Das kann ich gut nachvollziehen. So viel Freundlichkeit habe ich selten im Urlaub erlebt. Gibt es einen Wegweiser für einen Tag des Unglücks wie den heutigen Tag? Das einzige, was mir jetzt dazu einfällt, ist der Wunsch, Menschen zu unterstützen, die traurig sind. Wichtig ist für mich heute, Reginas Familie zu helfen. Ob meine Hilfe so viel bringt, weiß ich nicht, aber ich glaube, der Wille zählt. Vielleicht könnte man sagen: **Wenn Unglück über dich oder andere hereinbricht, dann suche die Gemeinschaft mit lieben Menschen. Sei mit Menschen zusammen, die dir guttun und denen du guttust. Teile den Schmerz.** Da fällt mir ein, dass ich

meinem Bruder Finn schreiben könnte. Finn hat immer gute Ideen. Wenn er jetzt hier wäre, würde er uns sicher helfen können. Vielleicht hat er einen Rat für uns aus der Ferne? Finn ist ein Abenteurer: Er klettert, macht Überlebenstraining und was weiß ich noch alles. Und er kennt sich in Sachen Sicherheit sehr gut aus. Ich tippe schnell eine SMS: „Hi Finn. Hier ist was Schreckliches passiert. Pferderaub und keine Spur eines Diebes. Was sollen wir tun? LG Klara". Dora schlägt vor, dass wir jetzt weitersuchen. Ich stehe auf, pflücke einige Johannisbrotschoten und wir steigen wieder auf unsere Räder. Nach kurzer Zeit treffen wir Hannes wieder.

9

Es ist 17 Uhr. Alle kommen zurück und niemand hat auch nur die geringste Spur entdeckt. Traurigkeit macht sich breit. Lina ruft bei Regina an. Wir sollen alle zum Essen kommen, schlägt sie vor. Langsam erheben wir uns und trotten schweigend zu Lina. Mama und Elly sind auch schon da und trinken eine Limonade. Wir erzählen von unserem Tag, dem langen Suchen, der brütenden Hitze und der Erfolglosigkeit. Niedergeschlagen schauen wir uns an. Da: Eine SMS von Finn: „In zwei Tagen bin ich bei euch und kann euch helfen. Wenn du mir genauer schreibst, was ich tun kann, versuche ich es von hier aus." Klar, was soll er auch anderes schreiben. Er weiß ja gar nicht, was und wie alles passiert ist. Ich freue mich auf Finn.

Lina ist in der Küche und bereitet ein Essen für uns vor. Sie ist auch in Gedanken versunken und stiller als sonst. Ich gehe zu ihr. „Gibt es einen Wegweiser für solche Situationen?“, frage ich. Meine Frage klingt etwas fordernd, fürchte ich. Aber Lina nimmt mir das nicht übel. Sie schaut mich an. „Hast du eine Idee?“ Fragen zurückgeben, das macht sie gerne. Sie weiß, dass ich meist eine Antwort auf der Zunge liegen habe oder Ideen im Kopf, wenn ich eine Frage stelle. Sie lockt dann meine Antwort aus mir heraus und denkt mit mir über meine Antwort nach. Dieses Mal habe ich aber keinen großartigen Plan. „Ich habe mich heute oft gefragt, wie man glücklich sein kann, wenn man Unglück erlebt.“ Lina schaut mich verständnisvoll an. Dann sagt sie: „Wenn du Unglück erlebst, kannst du nicht gleich wieder glücklich sein. Das geht wirklich nicht. Aber vielleicht gibt es Möglichkeiten, dir in solchen Zeiten Hilfe zu suchen“, entgegnet Lina. „Ich hatte heute eine Idee, als ich mit Dora Rast gemacht habe und sie mir viel erzählt hat und wir zusammen geweint haben.“ Ich hole mein Büchlein mit den Wegweisern heraus, das ich immer bei mir habe, und lese laut vor: „Wenn Unglück über dich oder andere hereinbricht, dann suche die Gemeinschaft mit lieben Menschen. Sei mit Menschen zusammen, die dir guttun und denen du guttust. Teile den Schmerz.“ Lina schaut mich intensiv an. „Das ist sehr gut, Klara, sehr sehr gut.“ In diesem Moment fällt mir auf, dass Lina genau dies heute Abend für uns verwirklicht. Sie hat uns alle eingeladen. Sie will uns Gutes tun. Sie bietet uns die Gemeinschaft an. Wie traurig wäre es, wenn Regina und ihre Familie heute Abend alleine zu Hause wären. Und mir fällt auch ein, dass ich plötzlich die Gemeinschaft mit Finn suche. Wie das bei Geschwistern so ist: Manchmal will man nichts miteinander zu tun haben und manchmal sehnt man sich nacheinander. Finn wäre jetzt eine super Unterstützung. Was mir bei ihm gefällt, ist seine ruhige, besonnene Art. Er überstürzt nichts, er wird selten hektisch. Er denkt nach, plant, führt den Plan aus und betrachtet das Ergebnis. Entweder ist er zufrieden oder er plant neu. Seine Gedanken sind immer nach vorne gerichtet. Ich dagegen werde leicht hektisch oder verliere schnell den Mut. Aber das darf ich jetzt nicht …

Ich gehe wieder nach draußen. Mittlerweile haben alle an einer großen Tafel Platz gefunden. Dazu sind drei Tische zusammengestellt worden. Ich sehe Regina lachen. Dora spielt ein Spiel mit Hannes. Für den Augenblick scheint etwas Frieden eingekehrt zu sein, alle beruhigen sich offenbar. Ich setze mich neben Elly. Sie streichelt meinen Arm. „War es ein anstrengender Tag?“, fragt sie besorgt. „Ja!“, sage ich. Jetzt merke ich, wie müde und kaputt ich bin. „Was sagt dein Glaube eigentlich dazu?“, frage ich. „Wie meinst du das?“, fragt Elly zurück. „Ich verstehe das nicht. Warum lässt Gott das zu, wenn er doch die Menschen lieb hat? Warum passiert so was? Regina und ihre Familie sind gute Menschen. Sie haben das nicht verdient. Wenn das Gottes Wille ist, dann will ich nicht an so einen Gott glauben.“ Elly lächelt. Es ist ein trauriges Lächeln. Sie schweigt lange. Dann sagt sie: „Du stellst eine Frage, die Menschen schon tausende von Jahren beschäftigt. Noch niemand hat eine wirklich gute Antwort gefunden, die alle Menschen zufrieden stellt. Aber es gibt durchaus einige Gedanken, die uns helfen können, mit dem Leid umzugehen. Ist dir schon einmal jemand begegnet, der sehr schlimmes Leid erlebt hat? Ich finde es interessant, dass viele Menschen, die Unglück erfahren, an ihrem Glauben festhalten oder ihn neu finden." „Wirklich?", platze ich dazwischen. „Manche meiner Freunde nehmen das Leid auf der Welt sogar zum Anlass, mit Gott abzurechnen. Ein guter Gott kann das nicht zulassen, also gibt es Gott nicht, sagen sie." Elly schaut mich an und fährt ruhig fort: „Ich glaube, dass Gott die Menschen liebt und ihnen Freiheit und einen

freien Willen geschenkt hat. Diesen Willen können Menschen leider auch missbrauchen. Wenn du einen freien Willen hast, kannst du Fehler begehen, Böses tun und Leid verursachen. Aber ohne deinen eigenen Willen wäre dein Leben vorherbestimmt, du wärst wie eine Marionette. Da würde nur jemand an deinen Fäden ziehen. Was findest du besser, Klara?" „Ich möchte *mein* Leben leben und mich für meine eigenen Wege entscheiden." Die Vorstellung, vollkommen ferngesteuert zu sein, finde ich in diesem Moment sehr gruselig. „Aber es ist bescheuert, dass Menschen die Freiheit missbrauchen." „Ganz ehrlich", dieses Mal platzt Elly dazwischen, „ich habe auch meine Fragen und

Zweifel. Ich kann auch nicht verstehen, warum bestimmte Dinge passieren. Und es gibt ja wirklich viel Leid auf der Welt. Wenn wir nur an die Kriege und Umweltkatastrophen denken. Dennoch glaube ich, dass Gott ganz nahe bei denen ist, die Leid erleben und eine schwere Zeit durchmachen. Wer Leid als Beweis gegen Gott sieht und sich nicht anstrengt, das Problem ernsthaft zu durchdenken und um eine Antwort zu ringen, der wird auch nie eine hilfreiche Antwort finden.“ Stimmt, Elly hat recht. Wie sich meine Klassenkameraden aufgeplustert haben und unseren Relilehrer fast beschimpft haben, als diese Frage einmal in unserer Klasse diskutiert wurde, ist mir heute noch peinlich. Mein Relilehrer hat sich nur noch aufgeregt und dann mussten wir eine Aufgabe im Buch machen. Das war richtig blöd. Elly gibt wenigstens zu, dass es ein schweres Problem ist und dass sie auch Fragen hat. Wenn es stimmt, dass noch niemand eine endgültige Antwort gefunden hat, dass aber Gedanken erarbeitet wurden, die hilfreich sind, warum sagt uns das niemand im Unterricht? Und ich frage Elly: „Wäre das ein wichtiges Thema für den Religionsunterricht?“ „Das Wichtigste überhaupt!“, ruft Elly energisch. „Wer Fragen und Zweifel nicht ernst nimmt, hat verloren!“ „Der Lehrer verliert gegen den Schüler?“, frage ich. „Genau so ist es“, sagt Elly. Und sie fügt leise hinzu: „Aber auch die Schüler verlieren. Vielleicht sogar am meisten. Sie verlieren ihr

Interesse an den wichtigsten Lebensfragen." So habe ich das noch nie gesehen. Ich denke nach und schaue Elly an. So eine Lehrerin wünsche ich mir: Sie fährt einen roten Motorroller, singt selbst geschriebene Lieder und nimmt Kritik und Zweifel ernst. Und sie hat sogar selbst welche. Elly ergänzt: „Wichtig ist eine gemeinsame Suche. Wir alle sind auf dem Weg, Schüler und Lehrer, Eltern und Kinder, Junge und Alte. Und wir können voneinander lernen."

„Achtung meine Gäste, das Essen kommt." Lina zaubert wunderbare Gerichte auf den Tisch und wir kommen aus dem Staunen nicht heraus. „Alles für euch, stärkt euch!" Lina setzt sich zu uns. Sie hat ihr Restaurant jetzt geschlossen und ist nur für uns da. „Warum hast du geschlossen?", frage ich. „Weil ich bei euch sein will", antwortet Lina. „Aber du könntest heute Abend viel Geld verdienen. Es ist Hauptsaison." Ich schaue Lina verwirrt an. „Hauptsaison hin oder her. Ich mag heute nur mit euch zusammen sein." Da bewundere ich Lina. Schon oft ist mir aufgefallen, dass sie nicht hinter dem Geld herjagt. Ihr sind andere Dinge wichtiger. Die Gäste, ihre Freunde, sie sollen zufrieden sein. Menschlichkeit soll herrschen, Gastfreundschaft und Hilfsbereitschaft. Dies sieht Lina aber nicht als Pflicht an, sondern ich glaube, diese Einstellung steckt tief in ihr. Lina ist ein besonderer Mensch.

Beim Essen fällt das Gespräch wieder auf Thalos und Isabella. Wie es den beiden wohl gehen mag und wo sie sich wohl befinden? Ratloses Schweigen. „Ich glaube, al-

les wird gut“, sagt Lina auf einmal. „Ich weiß nicht wie und warum, aber ich glaube es.“ Wieder schweigen wir alle und schauen den Sonnenuntergang in der Ferne an. Wenn Lina nur recht haben könnte. Das wäre wunderbar. Aber wie soll das gehen? Wie soll alles nur wieder gut werden?

„Kann Gott helfen?“, frage ich Elly leise. „Ja, Gott kann helfen.“ Elly blickt in die Ferne und schweigt. Ich schweige auch. Dann ergänzt Elly: „Aber ich glaube, Gott hilft nicht immer so, wie wir das denken oder wie wir es uns wünschen. Wir können Gott nicht mit unserem menschlichen Verstand erfassen. Wir verstehen manchmal Gottes Wege nicht. Aber es gibt ja viele Wegweiser. Manchmal können wir auch darüber nachdenken, was wir tun können, damit …“ „Wie ist Gott? Wie stellst du dir Gott vor, Elly?“, unterbreche ich sie. Elly schaut mich an. „Das ist schwer zu beschreiben.

Ich denke an die Liebe, wenn ich an Gott denke. Ich denke an Kraft und Stärke, Vertrauen und Hoffnung." Jetzt sieht sie mir direkt ins Gesicht. „Aber, Klara, viel interessanter ist es, wie du dir Gott vorstellst. Hast du schon einmal versucht, das zu herauszufinden? Hast du schon einmal in der Bibel gelesen? Wie da in den vielen Geschichten von Gott erzählt wird? Und weißt du, wie Jesus uns Gott zeigt?" Wieder macht Elly eine Pause: „Wenn Gott wirklich da ist, dann kannst du ihn ganz sicher auch finden. Oder er findet dich. Ich glaube, dass dich Gott ganz persönlich kennt." „Huch, das klingt aber kompliziert", erwidere ich. Elly lacht. „Du bist große Klasse, Klara!" Elly gefällt mir aber auch. Es ist so rätselhaft schön, sich mit ihr zu unterhalten. Mir kommt es so vor, als hätte sie viel Lebenserfahrung. Dabei ist sie nur sieben Jahre älter als ich. „Jetzt kommt der Nachtisch!", ruft Lina. Sie serviert warme Apfel- und Quarktaschen mit Vanilleeis und Schokosoße. Himmlisch, denke ich bei mir. Dabei sind wir heute durch die Hölle gegangen. Huch, komische Redewendungen. Und ob mir meine Jeans in Deutschland noch passen werden, bezweifle ich immer mehr …

Nach Mitternacht machen wir uns auf den Weg ins Bett. Obwohl wir nur Sommergäste sind, habe ich das Gefühl, wir sind Teil der guten Dorfgemeinschaft. Das ist ein schönes Gefühl – trotz aller Traurigkeit am heutigen Tag. Vor dem Einschlafen tippe ich noch schnell eine SMS an Finn: „Du fehlst hier. Du wirst gebraucht. Bis übermorgen! LG Klara."

10

Ich wache mit starken Kopfschmerzen auf, bin verschwitzt und mir ist übel. So was Blödes. Ich rufe Mama und sie misst Fieber: 38,2. „Heute bleibst du im Bett“, entscheidet Mama. „Ich will aber zu Regina. Sie weiß doch gar nicht, wo ich bin!“ „Ich gebe ihr Bescheid“, sagt Mama. Traurigkeit, Ärger, Wut steigen in mir auf. Ich will reiten, ich will reiten, ich will reiten! „Ich will reiten!“, schreie ich. Mama erschrickt. Sie schaut mich erstaunt an. „Wie alt bist du? Drei?“ Ich verkrieche mich unter meiner Bettdecke. Die ganze Welt ist gegen mich!

Da meldet sich Hannes zu Wort, ich kann ihn unter der Decke hören. „Ich erkläre Regina alles.“ Hannes zieht sich schnell an und fährt mit seinem Bike zu den Pferden. Dass er jetzt raus darf, das tut weh! Eigentlich weiß ich ja, dass ich mich jetzt ziemlich daneben benehme, aber es tut so weh! Ich schließe meine Augen und bin bockig! Ich sage kein Wort mehr.

Nach einer Weile kommt Hannes zurück. Ich drehe meinen Kopf zur Wand. Mama und Hannes gehen zu Lina zum Frühstück. Sie verabschieden sich von mir: „Tschüss, wir bringen dir etwas mit!“ Ich gebe keinen Kommentar dazu. Die Welt ist gemein zu mir. Ich denke an die Pferde, an Thalos und Isabella. Ich habe Sehnsucht. Ich döse noch ein bisschen. Die Zeit scheint heute stehen zu bleiben. Langeweile!!!

Da klopft es. Elly kommt herein und trägt ein Tablett mit Brötchen, Joghurt, Marmelade und Tee herein. Hoffentlich hat Mama nichts von ihrem bockigen Baby namens Klara erzählt. „Schön, dass du kommst", begrüße ich Elly. Ich versuche mich zusammenzureißen. Elly stellt das Tablett ab und kommt an mein Bett. „Wie geht es dir?" „Geht schon, halb so wild", versuche ich tapfer zu entgegnen. „Nee, wenn ich ehrlich bin, ist das jetzt so zum Kotzen. Ich will zu den Pferden, ich will Regina helfen, ich will …" „Stärke dich erst einmal." Ich schaue Elly an. Sie sieht verständnisvoll aus. Hat Mama nichts erzählt? Das würde zu Mama passen. Vor anderen spricht sie nicht schlecht über uns, auch wenn wir mal was Blödes gemacht haben. Ich esse mein Brötchen und den Joghurt, dazu trinke ich Tee. „Puh, was ist das? Der Tee schmeckt ja widerlich." „Das ist ein Rezept von Lina. Du musst den Tee trinken. Dann wirst du in Windeseile gesund!" Ich schaue Elly skeptisch an, kneife meine Nase mit einer Hand zu und trinke die Tasse aus. Dann schüttle ich mich. Elly lacht. „Du siehst aus wie ein Pferd, das sich im Staub gewälzt hat und ihn jetzt abschüttelt." Ich muss auch lachen. „Langweiliger Tag! Beschissener Tag!", sage ich. **„Du kannst jeden Tag für dich nutzen, wenn du nur willst. Es kommt darauf an, was du aus deinem Tag machst!**", entgegnet Elly. „Ist das ein Wegweiser?", frage ich. „Ich denke schon", antwortet Elly. Ich schaue Elly skeptisch an. Ich fühle mich so schlapp und ausgelaugt. Der gestrige Tag hat mir zugesetzt. Wie kann ich also die Kraft aufbringen, den heutigen Tag zu gestalten? Ich habe keinen Plan. Und ich bin immer noch wütend. Mit Wut im Bauch geht das schon gleich gar nicht. Elly holt Uno-Karten aus ihrem Rucksack. „Okay, lass uns spielen“, fordert sie mich auf. Wir spielen einige Runden Uno. Ich bin nur halbherzig bei der Sache.

Plötzlich kommt mir ein Gedanke: „Ich habe eine Idee, wie ich den Tag nutze.“ „Und die wäre?“ Ich stehe auf und gehe zu meinem Rucksack. Ist das richtig, was ich jetzt vorhabe? Ich halte einen Moment inne. Vorne, in einer Innentasche, durch einen Reißverschluss geschützt, liegt mein Büchlein bereit. Ich hole es und setze mich wieder ins Bett. „Ich weiß nicht, ob dich das interessiert. Ich habe so ein paar Sachen aufgeschrieben. Lina hat mir das Buch geschenkt.“ Elly schaut mich interessiert an. Ich zögere noch einmal, dann gebe ich Elly das Buch in die Hand. Sie blättert Seite für Seite um, liest

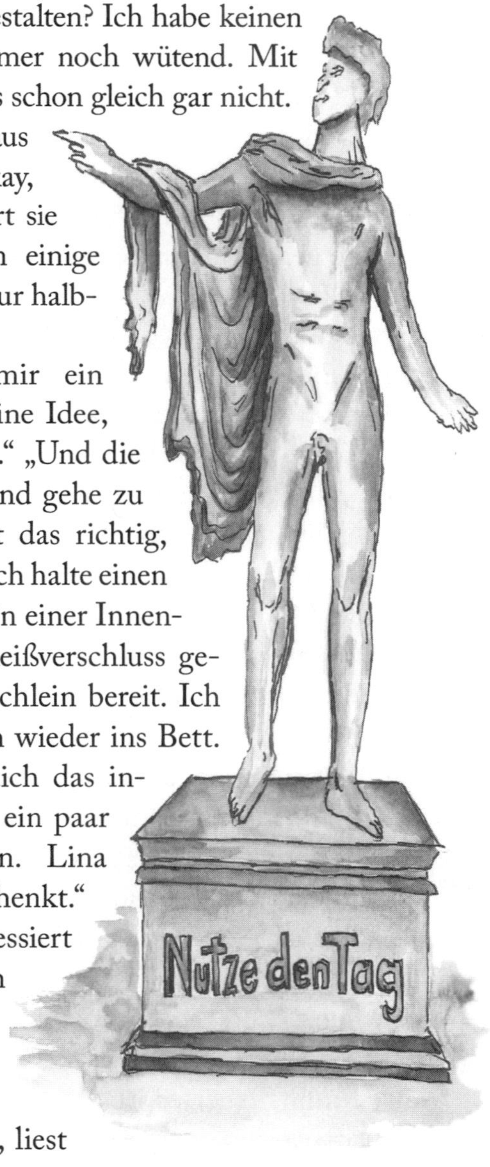

meine Wegweiser, schaut jedes Mal nachdenklich in die Ferne und klappt am Ende das Buch zu. „Großartig!“, staunt sie. „Du bist schon weit gekommen auf deinem Weg.“ Ich freue mich, dass Elly das Buch gefällt. „Gibt es einen Satz, der dir am besten gefällt?“, frage ich Elly. Jetzt bin ich die Lehrerin. Sie schlägt das Buch wieder auf und geht Seite für Seite durch. „Mir gefallen sie alle“, sagt Elly schließlich. Aber wenn ich nur einen wählen darf, dann wähle ich diesen: **Entdecke deinen Glauben, der dich durch dein Leben begleitet. Und lerne, mit deinen Zweifeln zu leben.**

„Warum hast du den ausgesucht?“, frage ich. Ich bin stolz, dass ich offenbar etwas Wichtiges aufgeschrieben habe. Elly denkt nach. „Weil dieser Satz ein Motto für das ganze Leben sein kann und alle anderen Sätze zusammenfasst. Und …“ Jetzt macht Elly eine Pause. Sie schaut mich an. „Und weil ich glücklich bin, dass du diesen Satz so treffend formuliert hast. Dir ist etwas wichtig geworden, was auch mir so wichtig ist.“ Elly legt ihren Arm um mich. Ich fühle mich auf einmal mutig und stark. Und ich bin dankbar. Und glücklich. Eine ganze Weile sitzen wir schweigend da.

„Wo sind Mama und Hannes eigentlich?“, fällt mir ein. „Ich habe ihnen frei gegeben.“ Elly lacht. „Du kennst doch deinen Bruder. Er muss in die Wellen. Da hat deine Mama heute sicher einen anstrengenden Tag.“ Jetzt muss ich auch lachen. Hannes ist wirklich unermüdlich, das stimmt. Aber er ist liebenswert. Ich schäme mich wieder wegen meines Verhaltens heute Morgen. „Hat dir

Mama erzählt, dass ich mich heute früh wie eine Dreijährige benommen habe?", frage ich Elly. „Nein", sagt diese erstaunt. „Sie hat aber erzählt, dass du sehr traurig bist." Ich könnte Mama jetzt umarmen. Ich wusste, dass sie nicht petzt. Jetzt spüre ich ein leises Magenknurren. Elly schaut auf die Uhr. Es ist schon Mittagszeit. „Sollen wir zu Lina gehen?", frage ich Elly. „Wenn du wieder aufstehen kannst, gerne!" Ich ziehe mich an und wir gehen nach unten in die Taverne.

11

Lina freut sich natürlich, uns zu sehen. „Klara, geht es dir besser?" „Ja, und ich habe Hunger. Wenn es noch einen Tee gibt, nehme ich ihn gerne." Lina schaut mich erstaunt an und grinst. „Da will aber jemand schnell gesund werden!" Lina bringt Tee, dazu einige Stücke selbst gebackenen Kuchen. Elly bekommt griechischen Kaffee zum Kuchen. Wir genießen die Ruhe und das leckere Essen.

„Ich würde so gerne einmal auf deinem roten Motorroller mitfahren." Ich zucke zusammen. Woher kommt mein Mut, das erneut anzusprechen? Vielleicht von Linas Tee?

„Wenn du ganz gesund bist, machen wir eine kleine Tour." „Und wohin fahren wir?" Elly denkt nach. „Magst du einen schönen Weg durch das Ida-Gebirge fahren?" Ich nicke. Wow, wer hätte das gedacht. Wir spielen einige Partien Uno. Die Zeit vergeht wie im Flug und schon sehen wir Mama und Hannes vom Strand zurückkommen. „Ich glaube, wir müssen deine Mutter jetzt zu Kräften kommen lassen", schmunzelt Elly und sie fragt Hannes, ob er mit uns spielen will. Gemeinsam verbringen wir den Nachmittag. Am Abend kommt Regina. Sie erzählt Lina von neuen Sicherheitsvorkehrungen, die sie getroffen hat. „Das ist ein beruhigendes Gefühl", erklärt Regina. Sie scheint sich irgendwie damit abgefunden zu haben, dass auch Thalos fehlt. Ihr bleibt ja auch nichts anderes übrig. „Wie geht es dir?", fragt Elly. Regina schaut uns traurig an. „Es muss weitergehen und ich werde künftig die Sicherheit noch mehr beachten. Wir haben verschiedene Angebote eingeholt, wie unsere Pferde noch besser geschützt werden können. Das ist doch eigentlich verrückt in diesem warmherzigen Land. Die Unsicherheit und die Angst, das ist ein schlimmes Gefühl."

Es ist kühler geworden. Elly und ich schlendern ein wenig durch die Gassen von Pitsidia. Die Menschen sitzen vor ihren Häusern und unterhalten sich. Sie grüßen freundlich, die Einheimischen wie die Fremden. Der Ort hat seinen ursprünglichen Charme behalten, er ist nicht touristisch aufgepeppt. Ich liebe das. Ich schaue den spielenden Kindern zu, die aus Steinen und Stöckchen ein Hüpfspiel erfunden haben. Sie winken uns zu sich und wollen, dass wir mitspielen. Wir wollen aber weiter und winken ihnen nur zum Abschied zu. Im Supermarkt möchte ich Ansichtskarten kaufen, aber ich bin nicht wirklich in Ansichtskartenlaune. Ich kaufe nur eine Panoramakarte – für Anna. Seit meiner Abreise hatte ich keinen Kontakt zu ihr. Unglaublich viel Zeit hat der Tag hier einerseits gewonnen und ich vermisse fast nichts, außer Anna und jetzt auch Finn. Anna ist meine allerbeste Freundin. Wir gehen gemeinsam durch dick und dünn. Anna will später Tiermedizin studieren. Sie kennt sich mit dem Charakter von Pferden besonders gut aus. Sicher wird sie eine gute Tierärztin. Von ihr habe ich schon so viel gelernt. Wir haben miteinander viele Nachmittage geübt, wie man sich scheuen oder ängstlichen, aber auch aufgeregten oder schreckhaften Pferden nähern kann, wie man ihr Vertrauen gewinnt und vieles mehr. Geduldig hat mir Anna alle Tricks beigebracht. Eigentlich fühle ich mich oft unsicher. Das muss ich hier mal ganz ehrlich loswerden. Pferde merken so etwas aber gleich. Sie erkennen jede Schwäche. Wie oft habe ich es deshalb nicht geschafft, mich einem scheuen Pferd zu nähern. Das hat mich sehr unglücklich gemacht. Wäre ich alleine gewesen, ich hätte längst aufgegeben. Anna hat mir beigebracht, mutig zu sein und meine Stärken zu entdecken. Dafür bin ich Anna sehr dankbar. Sie fehlt mir. Doch Elly ist ähnlich wie Anna. Sie merkt jetzt, dass ich in meinen Gedanken versunken bin. „Geht es dir nicht gut?“, fragt sie. „Doch, doch, sorry. Ich habe nur an meine Freundin Anna gedacht.“ „Das kann ich gut verstehen!“ Elly

streichelt mich liebevoll. „Schreibst du ihr, was du alles erlebt hast?" „Ich glaube, das passt nicht auf eine Postkarte." Wir lachen und auf einmal habe ich Lust auf ein Wettrennen. Ich renne so schnell ich kann und Elly rennt hinterher. Völlig außer Puste kommen wir bei Lina an. „Wo wart ihr?", fragt Hannes, der schon dabei ist, die Vorspeise zu verdrücken. Seine Hände sind noch ganz schmutzig vom Kettenöl. War er schon wieder mit dem Rad unterwegs? „Wir waren bummeln", erwidere ich. „Frauen!", schmatzt Hannes etwas verächtlich.

Wir setzen uns und bestellen. Mama sieht müde aus. „War der Tag anstrengend?", fragt Elly. Mama lacht: „Anstrengend und schön! Morgen haben sich Dora und Hannes verabredet. Da mache ich einen ruhigen Tag." „Darf Klara mit mir einen Ausflug machen?" Elly ist heute Abend aber mutig, denke ich bei mir. „Mit dem roten Flitzer?", fragt Mama. Alle lachen. Ich muss mich schon wundern. Mama ist auf einmal so jugendlich lustig. Ich glaube, sie findet Elly sehr nett. Elly sagt: „Genau. Wir besorgen einen zweiten Helm. Gerne würde ich mit Klara ins Ida-Gebirge fahren und ihr einen herrlichen Ausblick auf den Strand und Pitsidia zeigen. „Sind die Straßen befestigt?" „Ja, ich gehe kein Risiko ein." „O.k., dann unternehmt euer Abenteuer. Und ich habe morgen frei." Alle sind zufrieden. Der Abend dauert nicht so lange. Ich gehe früh ins Bett, um morgen auf jeden Fall wieder ganz fit zu sein.

12

Ein neuer Tag beginnt. Ich strecke mich und beobachte meinen Körper. Mir geht es gut. Zum Glück. Also ab in die Reitkleidung und zu Regina. Regina erwartet mich schon. Heute reite ich Samson. Regina reitet Ermis. Der Platz von Thalos ist leer. Ich muss schlucken. Regina und ich reiten los. Heute sind wir alleine. Ich erzähle Regina von Anna und all dem, was sie mir beigebracht hat. Regina würde Anna auch gerne kennenlernen. Vielleicht kann Anna nächstes Mal mit? Am Meer ist es heute stürmisch. Die Wellen sind hoch und peitschen an den Strand. Als wäre die Natur aufgeregt bei all dem, was sich ereignet hat. Regina ist stiller als sonst. „Tut es sehr weh?“, frage ich sie. „Ja!“ Reginas knappe Antwort ist klar und verständlich. Wir reiten weiter, ohne zu reden. Die Stille tut gut, sie lässt mich über die vergangenen Tage nachdenken. Es kommt mir vor, als wäre ich Teil einer spannenden Geschichte, die noch lange nicht vorbei ist. Ob es ein „Happy End“ gibt? Wieder bei Regina angekommen satteln wir ab und füttern die Pferde. Ich stecke einige der Johannisbrotschoten ein, die ich gestern mit Dora geerntet habe. Da sie noch frisch sind, schmecken sie auch mir als Proviant. Mal sehen, ob Elly sie auch mag. Nach dem Duschen und Umziehen treffen wir Elly und Dora bei Lina. Wir alle frühstücken und Mama sieht sehr erwartungsvoll aus. Sie hat ein dickes Buch dabei und strahlt über das ganze Gesicht. Nach dem Frühstück flitzen Dora und Hannes los. Elly und ich steigen mit einem Proviantbeutel auf den Roller. „Tschüss und einen schönen, ruhigen Tag!“, rufe ich Mama zu und schon sind wir um die Ecke gebogen.

Herrlich! Der Fahrtwind bläst durch meine Kleider. Er ist angenehm kühl. Elly fährt sehr sicher. Sie kennt sich hier aus, jede einzelne Kurve scheint ihr vertraut zu sein. Zuerst nehmen wir die Straße, die vom Strand weg führt, wir fahren dann die Serpentinen hoch ins Gebirge und haben aus der Ferne einen wunderbaren Blick aufs Meer. Wir machen Rast und setzen uns in den Schatten. Ein herrlicher Ausblick. „Wie weit sind wir gefahren?", frage ich Elly. „Es waren so 15 km." „Wir haben kaum jemanden getroffen, es ist sehr einsam hier", bemerke ich. Da brummt es in Ellys Hosentasche. „Oh, Akku fast leer. Mist!" „Ich habe auch kein Handy dabei." „Ein Notruf geht noch", sagt Elly und lacht. Wir schweigen wieder und genießen den Ausblick. Einige Minuten sitzen wir schweigend da. Freiheit. Ruhe.

Ich werde aus meinen Gedanken gerissen – ganz plötzlich rast mein Herz. Was war das nur? Habe ich ein Schnauben gehört? Ganz leise zwar, aber mir scheint das ohne Zweifel ein Schnauben gewesen zu sein. Ich lege meinen Finger auf den Mund und deute Elly an, dass sie nicht sprechen soll. Ich halte die Luft an. Da, das Geräusch ist wieder da. „Hier ist ein Tier in der Nähe. Woher kommt das Geräusch?" Wir schauen uns um. Hinter uns ist Dickicht. Ich suche. Elly zeigt auf einen kaum erkennbaren Trampelpfad. Mir wird unheimlich, ganz schwindelig im Kopf. Da höre ich Annas Stimme in mir. „Ruhig bleiben, Klara. Du hast alles im Griff!" Ich atme tief durch. Wieder ein leises Schnauben. „Wollen wir lieber zurückfahren?", fragt Elly. Ihr ist die Situation auch nicht ganz geheuer. Einige Augenblicke Schweigen. „Wir bleiben hier“, sage ich und wundere mich über mich selbst. „Ich habe aber Verantwortung für dich und wir können niemanden um Hilfe rufen, wenn etwas passiert.“ Elly zeigt auf ihr Handy und bekommt es mit der Angst zu tun. „Ich möchte dem Geräusch folgen, vielleicht …“ Ich wage es nicht auszusprechen. Wenn das eine Spur zu Thalos und Isabella wäre? Das kann eigentlich nicht sein, aber wenn doch? „Nein, du bist lebensmüde!“ Elly schaut mich erschrocken an. Ich glaube, in diesem Moment bereut sie, dass sie mit mir unterwegs ist. Ich setze unsere Freundschaft aufs Spiel, das wird mir bewusst. Warum habe ich eigentlich keine Angst? Elly fehlen die Worte. Aber ich denke, sie weiß, was ich hoffe: eine Spur zu den Pferden zu finden. Ich ziehe eine Schote Johannisbrot aus meiner Tasche und werfe sie an der Stelle ins Gestrüpp, an der der Trampelpfad beginnt. Elly und ich lauschen. Da – wieder das Schnauben, dieses Mal deutlicher. „Das ist Thalos!“, flüstere ich aufgeregt. Ich erkenne ihn genau. Elly wird bleich im Gesicht. „Komm!“, fordere ich sie auf. Elly schüttelt den Kopf und holt ihr Handy. Sie versucht einen Anruf … aber nach einem aufgeregten „Hallo, wir brauchen …“ ist der Akku ganz hinüber. Elly erhebt sich ängstlich und wir bahnen uns einen Weg durch das Gestrüpp. Wir bleiben dicht hintereinander und sprechen nicht. So leise wie möglich bewegen wir uns vorwärts. Es ist ein beschwerlicher Weg. Plötzlich knackst ein Stöckchen unter meinem Fuß. Wir bleiben stehen, halten die Luft an, lauschen. Niemand in Sicht, niemand zu hören. Mein Herz rast wie verrückt. Wieder bleibe ich stehen. Ich muss durchatmen und mich beruhigen. Elly bleibt nichts anderes übrig als mir zu folgen. Es tut mir leid, dass ich sie in diesem Moment enttäusche. Aber ich hoffe, alles wird gut. Vorne wird es lichter und wir treten nach einigen Minuten auf eine geschützte, völlig eingewachsene kleine Wiese. Wir schauen uns um. Tatsächlich, ich sehe einige Hufspuren, aber kein Pferd. Da, hinter einem Felsvorsprung! Da bewegt sich etwas. Ich gebe Elly ein Zeichen. Elly bleibt dicht hinter mir. Wir hören nichts. Nach kurzer Zeit gelangen wir sicher zum Felsen. Ich wage als erste einen Blick dahinter. Wieder halte ich die Luft an, mein Herz pocht so laut wie noch nie: Thalos und ein anderes Pferd stehen hier, an den

Felsen angebunden. Ich fühle mich völlig starr, meine Beine sind auf einmal ganz schwer. „Nur die Kontrolle nicht verlieren“, sage ich mir immer wieder. Ich drehe mich um zu Elly, nicke ihr zu und lächle sie an. „Thalos und Isabella“, flüstere ich. Elly reißt ihre Augen weit auf. Die Pferde haben uns längst bemerkt. Thalos schnaubt, sicher riecht er mein Johannisbrot. Ich klettere von meinem erhöhten Platz hinunter und laufe um den Felsvorsprung herum. Ich gehe auf Thalos zu und gebe ihm ein Leckerli. Thalos frisst es genüsslich. Ich schaue mich um. Niemand ist zu sehen. Wir müssen schnell machen. Ich binde Thalos los und führe ihn zu Elly. Elly ist starr vor Schreck, doch sie nimmt den Strick und streichelt Thalos. Aber Isabella hat Angst, das merke ich. Sie kennt mich nicht, weiß nicht, was geschieht. Da: Sobald ich näher komme, versucht sie, zurückzugehen, doch der Strick hindert sie daran. Sie wiehert laut. Mist. Wir dürfen keine Zeit verlieren. Wenn der Verbrecher kommt und uns findet? Mein Herz rast wieder in wahnsinnigem Tempo. „Komm, Klara, wir gehen mit Thalos“, höre ich Elly energisch flüstern. Ich reagiere nicht. Ich schließe meine Augen: Was hat mir Anna in solchen Situationen geraten? Ruhig sein, denn das Pferd spürt deine Aufregung. Eindeutig handeln, denn dann strahlst du Sicherheit aus. Keine ruckartigen Bewegungen ausführen, denn sonst erschrickt es. Wie ein ferngesteuertes Wesen höre ich Anna in mir sprechen und führe die Anweisungen aus. Isabella wiehert nicht mehr, sie scharrt nur aufgeregt mit den Hufen. Als ich nah genug bin, strecke ich auch Isabella eine Johannisbrotschote hin. Sie nimmt das Leckerli, dann noch eines, dann noch eines. Jedes Mal bewege ich mich einen Schritt vorwärts. Jetzt bin ich dicht vor ihr. Ich streichle sie und spreche ganz ruhig mit ihr. Meine Knie fühlen sich weich an, der Rest des Körpers ist konzentriert. Ich schalte alles aus, was um mich herum geschieht. Nur Isabella blicke ich an. Ich streichle sie immer fröhlicher und klopfe anerkennend auf ihren Hals. Sie schnaubt freundlich. Dann kaut und schleckt sie. Ich habe gewonnen, wir sind Freunde. Isabella wurde die ganze Zeit gut behandelt, vermute ich. Denn sonst würde sie anders reagieren. Jetzt binde ich Isabella los und laufe mit ihr zu Elly. Die arme Elly hält immer noch verkrampft den Strick von Thalos fest und ist ganz bleich. Aber sie lächelt freundlich und schüttelt den Kopf.

13

Mit den Pferden durch das Gestrüpp zu kommen, ist gar nicht so leicht. Wir müssen Äste abbrechen und machen dabei ziemlich viel Lärm. Mein Herz klopft und klopft, denn wir sind noch lange nicht in Sicherheit. Ich denke an Regina, was sie wohl sagen wird, wenn sie uns mit den Pferden sieht. Ein Glücksgefühl durchströmt mich. Endlich kommen wir an unserem ersten Rastplatz an. Der Motorroller steht noch da. „Wie wollen wir weiter vorgehen?“, fragt Elly. „Du schiebst deinen Roller und ich führe beide Pferde bergab. „Damit sind wir viel zu langsam." „Haben wir eine andere Wahl?" „Nein", gibt Elly zu. Elly schiebt ihren Roller und ich führe die Pferde. Es ist sehr heiß, das merke ich jetzt erst, es ist schon Mittag. Ich versuche mich abzulenken. „Danke, Anna!", sage ich immer wieder in Gedanken. Da – eine wütende Stimme hinter uns. Ich sehe einen schlanken Mann auf uns zurennen. Doch ich verstehe kein Griechisch. Ich merke nur, dass er sehr verärgert ist. „Los, Elly, fahr!", rufe ich Elly zu. Ich springe in meiner Angst, so gut ich kann, hoch und lande auf dem Rücken von Thalos. Ich halte mich an seiner Mähne fest, Isabella habe ich am Strick. Thalos galoppiert los. Oft bin ich zu Hause ohne Sattel geritten, aber in Gefahr fühlt sich alles anders an. Isabella zieht, doch Thalos kenne ich gut, ich weiß wie er reagiert und wie ich ihn auch in der Hitze anspornen kann. Ich hoffe nur, Isabella reißt nicht aus. Ich bekomme fast keinen klaren Gedanken zustande. Wir reiten und reiten …

Da, was ist da vorne? Kommt da Hannes auf seinem Mountainbike? Wo kommt der denn jetzt her? Er rast uns wie ein Verrückter entgegen und schreit etwas. Ich kann ihn nicht verstehen. Er bremst und winkt uns zu – wir sollen ihm folgen. In meinem Kopf blitzt es wie ein Feuerwerk … Hannes rast los und ich reite hinter ihm her. Wir nehmen einen anderen Weg als heute Morgen. Warum kennt sich Hannes hier so gut aus? Elly fährt kurz hinter uns. Sie schaut sich immer wieder ängstlich um. Einige Minuten halten wir das Tempo, dann pariere ich die Pferde durch zum Schritt. „Wir müssen

durchschnaufen, der Weg ist noch weit“, sage ich. Wir schauen uns nun gemeinsam um. Der Mann ist außer Sichtweite. Hat er gesehen, dass wir abgebogen sind? Ich bin so froh, dass es bis jetzt gut gegangen ist. „Und was machen wir nun?“, fragt Elly. „Du fährst zu Regina; sie soll uns entgegenfahren.“ „Ich lasse dich nicht allein!“, sagt Elly energisch. „Ich bin nicht allein, Hannes ist da!“ Hinter uns höre ich den Mann wieder aufgeregt rufen, er sitzt auf einem Fahrrad und verfolgt uns. Mist, er hat unseren Weg entdeckt. Er tritt wie wild in die Pedale und schreit laut. Isabella wiehert voller Angst und zieht am Strick. „Los! Wir haben keine andere Wahl. Hannes, fahr los“, schreie ich und galoppiere wieder an. Ich galoppiere und galoppiere. Mein Kopf ist leer. Elly schaut ängstlich zu mir und fährt jetzt knapp vor uns. Hannes ist schneller und biegt auf einmal querfeldein. Weiß er wieder eine Abkürzung? Kann er Hilfe holen?

„Bleibt ihr auf eurem Weg!“, ruft er uns noch zu, dann ist er weg. Ich kann nicht mehr. Immer wieder habe ich das Gefühl, die Kontrolle zu verlieren. Der Weg scheint unendlich lang. Wir reiten und reiten. Bin ich noch bei Bewusstsein?

Da – Regina und Hannes kommen uns im Auto entgegen. „Gott sei Dank!“, rufe ich. „*Gott* sei Dank?“, frage ich mich. „Kann Gott helfen?“, hatte ich gestern Elly gefragt. Sie hat „ja“ gesagt und dass die Hilfe anders aussehe, als wir uns das vorstellen. War Gott im Spiel? Oder war es eine Mischung aus Zufall, Wille, Können, Hoffnung und Mut? Ich weiß es nicht.

Jetzt halten wir an. Noch nie war ich so dankbar. Regina und Hannes steigen aus dem Auto. Regina sieht erschrocken und glücklich aus – gleichzeitig. Vorne ist schon Pitsidia in Sicht. Und unser Verfolger hat es offenbar aufgegeben. Er ist weg. Regina umarmt uns und ihre Pferde. Dann schwingt sich Hannes auf Isabella. Ich weiß gar nicht, wie mir geschieht. Hannes? Wir reiten die lange Dorfstraße entlang und biegen ungefähr in der Mitte des Dorfes nach rechts ab, die steile Anhöhe zur Horsefarm hinauf. Ich merke, dass ich völlig verschwitzt bin. Mein Kopf tut weh. Wir gehen langsamen Schritt. Schon sehe ich Reginas Haus. Die beiden Pferde sind spürbar aufgeregt, als sie das Wiehern ihrer Freunde vernehmen.

14

Tiefes Glück, tiefe Dankbarkeit, und doch Fassungslosigkeit. Wir stehen um die Pferde herum und können es nicht glauben. Hannes nimmt erst Isabella, dann Thalos und bindet sie an ihren Stammplätzen an. Ich beobachte meinen kleinen Bruder, der heute so großartig ist. Jetzt umarmt Regina mich. Dora kommt aus dem Haus gerannt und weint vor Freude. Regina lässt mich nicht mehr los. Jetzt weint sie auch. Uns allen fehlen die Worte. Wir bringen den Pferden Wasser und Futter. Ich fühle mich klebrig. „Darf ich duschen?“, frage ich Regina. Sie nickt und strahlt.

Ich dusche so schnell ich kann. Mein Herz rast immer noch. Die anderen sitzen schon in großer Runde im Schatten. Ich trinke kühles Wasser. Jetzt merke ich erst, wie hungrig ich bin. Regina holt Brot, Käse, Tomaten. Ich erzähle alles, was sich ereignet hat. Ich schaue Hannes an und er zwinkert mir zu. Ich bin stolz auf meinen Bruder. Immer wieder muss ich fast weinen, denn mir wird bewusst, wie gefährlich der Vormittag war. Hannes hat ein Brot gegessen und ist schon wieder bei seinem Rad. Ich denke an seine mutige Fahrt. Das war unglaublich!

Auf einmal sagt Regina: „Der Verbrecher wird sich vielleicht rächen. Wir müssen uns wappnen!“ Regina stellt aber auch fest, dass die Pferde gut behandelt wurden. Thalos und vor allem auch Isabella machen einen gesunden und vitalen Eindruck. Sie kann sich die Tat nach wie vor nicht erklären und den ungewöhnlichen

Aufenthaltsort noch viel weniger. Und dass alles bisher unentdeckt blieb, auch das ist ein Rätsel. Ich merke, wie ich müde werde. Regina bietet mir einen Kaffee an und ich trinke zum ersten Mal in meinem Leben Kaffee. Schmeckt scheußlich, finde ich …

Auf einmal fragt Regina: „Was macht Anna eigentlich zur Zeit?“ „Sie arbeitet in der Tierklinik. Das ist ihr Ferienjob.“ „Hast du Sehnsucht nach ihr?“ Ich nicke. „Meinst du, sie hätte im nächsten Jahr Lust, mit dir zu uns zu fliegen?“ Ich schaue Regina mit großen Augen an und hole tief Luft. „Wie meinst du das?“ „Ich möchte Anna auch kennenlernen!“, sagt Regina – „und sie hat sich die Reise wirklich verdient.“ Zum ersten Mal lächelt Regina wieder entspannt. Ich schaue zu Elly. Sie trinkt ihren Kaffee und hört uns schweigend zu. Jetzt zwinkert

sie mit den Augen. Was für ein Tag! **Manchmal muss ich etwas riskieren, wenn ich von einer Sache überzeugt bin.** Das kommt mir jetzt in den Sinn. Ein Wegweiser? Aber wie groß darf das Risiko sein? Heute war es an der Grenze – oder vielleicht schon darüber hinaus. Gott sei Dank, ist alles gut ausgegangen. Wieder Gott. Ich bin völlig durcheinander.

Auf einmal kommen mir Tränen. Tränen der Freude, der Erleichterung, der Angst und des Schreckens gleichzeitig. Ich weine fürchterlich. Elly nimmt mich in den Arm und tröstet mich. „Du bist ein tolles Mädchen, Klara." Sie streichelt meinen Rücken. Irgendwann beruhige ich mich. „Ich bin ziemlich kaputt!", entschuldige ich mich. „Ich weiß nicht, ob ich deinen Mut gehabt hätte", sagt Regina anerkennend. Lange Zeit sitzen wir schweigend da, erschöpft. Ich stehe auf und laufe zu den Pferden. Ich brauche ein bisschen Zeit für mich. Ich streichle Thalos und schmuse mit ihm – sehr lange. Und ich freunde mich immer mehr mit Isabella an. In meinen Gedanken ziehen die Szenen des Nachmittags an mir vorüber. Da merke ich, dass jemand seinen Arm um mich legt. Es ist Elly, ich freue mich, dass sie da ist.

Aus der Ferne sehe ich, wie Mama mit Finn angerannt kommt. Stimmt, Finn ist ja heute angekommen. Oh, wie ich mich freue. Was er wohl sagen wird? Ich bin ein bisschen stolz. Mama sieht nervös aus. Puh, das kann ich verstehen. Die Arme wollte einen schönen, ruhigen Tag … Ich darf die Lage auf keinen Fall dramatisieren … Elly und ich gehen wieder zu den anderen an den Tisch.

„Was habe ich da Großartiges gehört?“ Mama steht jetzt bei uns, ist ganz außer Atem und weiß gar nicht, wen sie zuerst umarmen soll. Regina erzählt alles, was sie von uns erfahren hat. Sie sagt auch, wie glücklich sie ist. Mama schaut Elly und mich anerkennend an, dann suchen ihre Blicke nach Hannes und sie schüttelt liebevoll den Kopf. Mama fragt: „Hattet ihr Angst?“ Ich nicke. Elly nickt auch. „Vor allem hatte ich Angst, weil ich die Verantwortung für Klara übernommen hatte. Und es war natürlich nicht ungefährlich“, gibt Elly zu. Mama schaut uns wieder an, sehr lange. Was sie jetzt wohl denkt? Ob sie Elly Vorwürfe machen wird? Ob sie mich zurechtweist? Jetzt lächelt Mama: „Ich bin davon überzeugt, dass ihr alles richtig gemacht habt.“ Krass. Ich muss schlucken. Aber so ist sie: Meine Mama. Sie weiß, dass das das einzige ist, was in dieser Situation weiterhilft. Und ich beobachte, dass sich Mama ein paar Tränen aus dem Gesicht wischt: Ich denke, es sind Tränen der Erleichterung und der Dankbarkeit ... Mama setzt sich zu uns, Regina schenkt ihr etwas Wasser ein. Und Finn lässt sich die ganze Geschichte von Beginn an erzählen. Dann ruft er zu Hannes, der gerade in der Nähe steht: „Hey, kleiner Bruder, was höre ich da? Wolltest du auch mal den Helden spielen?“ Hannes schaut Finn wütend an. Ich nehme Hannes in Schutz: „Er war der Held, ohne ihn hätte es schief gehen können!“ „Schon gut, schon gut!“, entgegnet Finn. „Aber sag mal Hannes, wo kamst du eigentlich her?“, frage ich ihn jetzt. „Und woher kanntest du die Wege?“ „Elly hat ja auf Mamas Handy angerufen, und weil mir Mama das Handy heute geliehen hat, bin ich drangegangen. Ich habe an Ellys Stimme gemerkt, dass euch was passiert ist, und dann bin ich los, um euch zu suchen, immer Richtung Ida-Gebirge.“ Mamas Mund steht vor Staunen offen … „Und die Wege kannte ich von meinen Touren mit dem Bike.“ Hannes grinst zufrieden.

15

„Was machen wir heute Abend?“, ruft Mama, „Wollen wir feiern?“ Regina schaut auf einmal besorgt. „Ich möchte hier bleiben, wir wissen nicht, ob der Verbrecher wiederkommen wird. Außerdem kommt später noch der Tierarzt, der die Pferde begutachtet.“ Finn nickt bestätigend. „Ich bleibe auch hier.“

So hatte ich unser Abenteuer bis jetzt noch nicht gesehen: Natürlich haben wir noch nicht alles geschafft. Wir haben zwar die Pferde wieder, aber der Verbrecher läuft noch frei herum. Die Unsicherheit bleibt. Ich versuche mich an den Mann zu erinnern. Ich kann ihn nicht mehr genau vor meinem inneren Auge sehen. Auf jeden Fall ist er schlank, eher jung und er spricht griechisch. Er hat kurzes, schwarzes Haar. Mehr kann ich nicht sagen.

„Wird die Polizei nach dem Verbrecher fahnden?“, frage ich. „Morgen kommen Mitarbeiter vorbei.“ Regina hat alles gut organisiert. Ein wenig betreten schauen wir uns alle an. Nach der ersten Euphorie sind wir auf den

Boden der Tatsachen zurückgeholt worden. „Ich möchte auch hier sein, wenn der Tierarzt später die Pferde begutachtet“, beschließe ich.

Wir sitzen noch eine Weile zusammen, trinken Wasser und sprechen miteinander. Immer wieder streichelt Mama über meine Oberschenkel und schaut mich liebevoll von der Seite an. Dora und Hannes sind auf dem Hof unterwegs. Jetzt kommen sie angerannt. „Der Tierarzt kommt!“, ruft Dora, und in diesem Moment sehen wir alle, wie der gelbe Jeep die Anhöhe hinauffährt. Regina steht auf und geht dem Arzt entgegen. Sie begrüßt ihn, spricht mit ihm und beide laufen zu den Pferden. Ich gehe hinterher und beobachte die Untersuchung mit einigem Abstand. Ich will nicht stören. Der Tierarzt nickt einige Male bestätigend, schaut fröhlich zu Regina und klopft die Pferde anerkennend. Das ist ein gutes Zeichen. Nach kurzer Zeit verabschiedet er sich und fährt vom Hof. Regina kommt auf mich zu: „Alles in bester Ordnung“, sagt sie. „Es überrascht mich vor allem bei Isabella. Sie ist eine anspruchsvolle Stute. Der Typ muss ein Pferdekenner und -liebhaber sein.“ Bei der letzten Bezeichnung zuckt Regina selbst ein wenig zusammen. Wie kann jemand Pferde lieben und sie stehlen? Es bleibt ein Rätsel …

Den ganzen Abend sitzen wir beisammen. Manchmal unterhalten wir uns, manchmal schweigen wir und lassen den kühlen Abendwind um unsere Köpfe wehen. Dora wird müde und fragt: „Darf ich wieder auf dem

Balkon schlafen?“ Ich bin überrascht. Sie schläft auf dem Balkon? „Ich habe dich morgens noch nie dort oben gesehen. Hast du dich immer versteckt, wenn ich zum Reiten gekommen bin?“ Das wäre ja merkwürdig ... Dora lacht: „Nein, ich habe mich nicht extra versteckt. Du kannst mich von dort unten nicht sehen.“ Ich stehe auf und gehe zu den Pferden. Von dort aus schaue ich mir den Balkon an. Unglaublich. Das ist mir noch nie aufgefallen. Der Balkon ist unten circa 50 cm geschlossen, darüber hat er ovale Öffnungen, wie man sie hier auf Kreta an vielen Balkonen sieht. „Du schläfst immer da?“, frage ich nochmals. „Im Sommer sehr häufig“, entgegnet Dora. Ich laufe auf dem Hof umher und denke nach. Ein genialer Einfall hat sich in mir breit gemacht und will nicht verschwinden. Wenn ich mit Dora dort schlafen würde, könnten wir merken, wenn jemand in der Nacht kommt. Der Eindringling könnte uns aber nicht sehen. Ich winke Finn zu mir und erzähle ihm von meinem Plan. Er will mitmachen. „Nur, wenn du dich bei Hannes entschuldigst, du warst gemein zu ihm!“ „Schon gut, mach ich“, sagt Finn einlenkend. Ich mag Finn ja, und er muss sich jetzt sicher erst wieder an uns gewöhnen ...

Ich renne an den Tisch und frage Regina: „Dürfen Finn und ich mit Dora da oben schlafen?“ „Wenn ihr mögt, gerne.“ Regina durchschaut meinen Plan noch nicht, die anderen auch nicht. Ist das zu gefährlich? Ich weiß es nicht. Soll ich etwas sagen? Aber wenn Mama es mir nicht erlaubt? Ich schaue zu Finn, er ist wirklich zu Hannes gegangen, die beiden klopfen sich gerade gegenseitig auf die Schulter …

16

„Was überlegst du denn?", fragt Mama in diesem Moment. Ich erschrecke. Hat sie mich durchschaut? „Och, ich überlege gerade, was ich heute Nacht auf dem Balkon anziehen werde." Mama lacht: „Quatsch! Du denkst über etwas anderes nach!" Mama kann man nur schwer austricksen. Oft hat sie mir schon gesagt, dass sie meine Gedanken gut nachvollziehen kann, dass sie sich an ähnliche Gedanken als Kind oder Jugendliche erinnern kann. Das hilft ihr, mich zu verstehen. Vielleicht auch jetzt? „Du weißt, was ich denke?" Mama lächelt. „Sagen wir mal so, du willst die Lage kontrollieren." Volltreffer. Die anderen schauen merkwürdig drein, aber Mama und ich wissen, worum es geht. „Ist das nicht zu gefährlich?", fragt Mama. „Ich bin dabei", mischt sich Finn ein, der wieder zu uns gekommen ist. „Ich passe auf und verspreche dir, dass wir uns nicht zeigen." „Und was bringt das dann?", fragt Mama weiter. Finn erklärt unseren Plan: „Sobald wir jemanden hören, schicken wir euch eine SMS. Ich kann alles vorbereiten. Einmal klicken genügt." Jetzt dämmert es bei den anderen. „Und wie verhalten wir uns, wenn wir eure SMS bekommen haben?", fragt Mama. „Sofort hierherkommen!" Regina runzelt die Stirn. Sie denkt angestrengt nach. „Meint ihr, das geht so leicht? Und wenn der Täter bewaffnet ist?“ Daran hatte ich nicht gedacht. Hm. „Dann haben wir ein Problem“, sage ich niedergeschlagen. „Unser Plan ist noch nicht fertig“, ruft Finn. „Ihr müsst einen Moment Geduld haben.“ Finn denkt nach. „Wir werden uns eine Falle ausdenken.“ Und mit einem Augenzwinkern fügt er hinzu: „Ich war gerade im Südwesten von England, in der Heimat von Agatha Christie. In ihren Krimis wurden viele Fälle auf ungewöhnliche Weise gelöst. Miss Marple ist total mutig, ich habe mich viel damit befasst.“ Ich muss lachen. Das ist mein Bruder: Er kennt sich mal wieder aus. Mama schüttelt den Kopf. Doch ich bin mir sicher, dass Finn etwas einfallen wird. Finn geht ins Haus und setzt sich an den Computer. Was er da wohl tut?

Nach einer Weile ruft uns Finn zu sich. Alle kommen und stellen sich um den Computer herum. Wir hören laute Schüsse. Mama runzelt die Stirn. „Und was soll das?“ „Dios muss jetzt nur noch ‚Hände hoch und stehen bleiben!‘ oder so was rufen. Das können wir am Computer aufnehmen und die beiden Spuren kann ich synchronisieren. Dann schließen wir Lautsprecherboxen an und öffnen das Fenster. Wenn jemand kommt, senden wir euch die SMS und ihr spielt die Aufnahme ab.“

Mama schüttelt den Kopf: „Wir sind doch nicht im Film. Und auch nicht bei Agatha Christie. Ihr riskiert euer Leben! Der heutige Vormittag war aufregend genug!“ Finn entgegnet ruhig: „Da kann nichts passieren.“

Regina scheint die Idee zu gefallen. Sie überlegt: „Wenn er wirklich kommt und wenn alles so läuft, wie es Finn beschreibt, dann können wir immer noch spontan entscheiden, ob wir aus dem Haus gehen oder nicht. Wir haben immerhin die Chance, den Typen zu sehen, denn wir schalten die Hofbeleuchtung ein." „Und die Kinder sind ganz sicher?", fragt Mama nochmals. „Komm, wir probieren es aus", rufe ich. Finn und ich gehen auf den Balkon. Die anderen laufen rasch zu den Pferden und schauen, ob sie uns sehen können. Ich höre Mama in die Höhe springen. Nein – sie kann uns nicht sehen.

17

Finn und Dios verschwinden für eine Weile im Haus. Mama und Regina unterhalten sich. Dora spielt mit Hannes. Elly und ich holen aus unserem Apartment die Schlafsachen für Finn und mich, und wir nehmen ein Handy mit. Wir laufen wieder zur Horsefarm, wo uns Dora auf dem Balkon erwartet. Sie hat ein Nachtlager für uns vorbereitet. Finn und Dios sind mit ihren Vorbereitungen auch fertig. Es ist fast schon Mitternacht. Mama, Elly und Hannes verabschieden sich. Ich wundere mich, dass Hannes nicht bei uns bleiben will. Da ist sicher

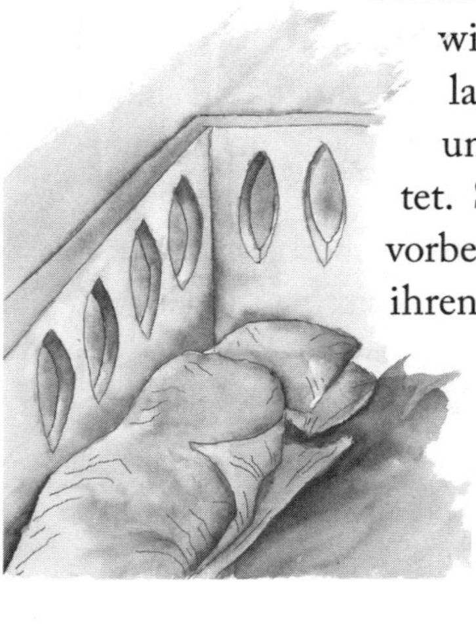

Elly im Spiel … Mama kontrolliert ein letztes Mal. Sie sieht uns nicht. „Haltet euch an die Absprachen!", sagt sie energisch. „Machen wir!", rufen Dora, Finn und ich im Chor.

Wir legen uns schlafen. Dora schläft rasch ein, Finn und ich liegen lange wach. Wir schauen uns an. Wieder und wieder gehen meine Gedanken den heutigen Tag entlang. Es war sehr aufregend, aber auch irgendwie schön – jedenfalls im Nachhinein betrachtet.

Da … war da was? Ich höre es rascheln, da atmet jemand schnell. Finn schickt die SMS ab. Kurze Zeit später ertönen die Schüsse, das Licht geht im Hof an und Dios Stimme ruft etwas auf Griechisch. Stille. Warum rennen die beiden nicht aus dem Haus? Wenigstens Dios? Wir dürfen ja nicht nach unten schauen. Dora sieht mich ängstlich an. Die Balkontür hinter uns knarrt – ich kriege einen großen Schrecken. Regina erscheint und sagt genervt: „Das war ein Hund!" Finn und ich setzen uns auf und schauen nach unten. Nichts und niemand ist mehr zu sehen. Daran hatten wir nicht gedacht. Natürlich – es gibt hier unzählige Hunde, die frei herumlaufen, auch in der Nacht. „Oh." Mehr fällt uns in diesem Moment nicht ein. Ob Regina sauer ist? „Bist du sauer?", frage ich leise. Regina lächelt mich an, schaut dann zu Finn und zu Dora, dann wieder zu mir. „Nein, ich bin nicht sauer. Aber dass wir Erfolg haben, bezweifle ich. Jetzt schlaft gut." Da sehe ich, wie zwei Frauen auf die Horsefarm zulaufen: Oh Schreck, Mama und Elly. Dios geht ihnen entgegen und erklärt alles.

Mama winkt (sie scheint auch nicht sauer zu sein, ich bin erleichtert) und verschwindet mit Elly Richtung Apartment. Ob Elly wohl heute Nacht bei uns im Apartment schläft? Sie gehört schon richtig dazu.

Finn, Dora und ich legen uns wieder schlafen. Ich versuche, mir den Strand mit Wellen vorzustellen. Gleichmäßiges Rauschen, sanfter Wind …

18

Ich wache auf. Warum wache ich auf? Ich halte die Luft an. Ist da ein Hund? Dieses Mal höre ich genauer hin. Das hört sich nicht nach einem Hund an. Vorsichtig hebe ich meinen Kopf (ich weiß, es ist verboten) und spicke nach unten. Mein Herz rast: Der Mann! Er streichelt Thalos. Finn ist auch wach. Schnell senke ich meinen Kopf, nicke Finn zu und er versendet die SMS. Wir warten. Warum passiert nichts? Warum kommt niemand? Das gibt es doch nicht! Glaubt uns niemand? Ich werde wütend und muss mich zusammenreißen. Ich fühle mich starr. Finn aber handelt. Er robbt kaum hörbar durch die Balkontür ins Haus, tastet sich bis zum Computer vor und löst den Alarm aus: Schüsse, die Stimme, Licht. Dios kommt im Schlafanzug angerannt, sieht den Mann im Hof und dann geschieht alles in Windeseile. Er fasst den Verbrecher und führt ihn ins Haus. Der Verbrecher wehrt sich kaum. Mein Herz pocht. Ich halte die Luft an.

Dann gehe auch ich ins Haus und halte erst einmal Abstand. Ich glaube, der Mann ist es wirklich. Mir ist schlecht. Da bricht es aus dem Mann heraus: Er weint bitterlich. So habe ich mir einen Verbrecher nicht vorgestellt.

Jetzt sitzen wir alle um den Esstisch herum, Dios hält den Mann fest. Regina wartet, bis der Mann nicht mehr so sehr weint und beginnt dann ein ernstes Gespräch. Erst stellt Regina einige Fragen, der Mann antwortet kurz. Dann spricht der Mann sehr, sehr lange. Was er wohl erzählt? Auf einmal fängt Dora an zu weinen. Sie weint und weint. Auch Regina schaut nicht mehr wütend, sondern irgendwie anders. Vielleicht mitleidig? Dios lässt den Arm des Mannes frei. Was ist denn los? Was ist passiert? Haben wir den Falschen verdächtigt? Regina holt Gläser aus dem Schrank und schenkt uns allen Wasser ein. Jetzt redet Dios mit dem Mann. Regina gibt Finn und mir ein Zeichen, dass sie uns etwas sagen will. Wir gehen ein bisschen an die Seite. Dann erzählt Regina, was sie erfahren hat: „Der Mann, Chris ist sein Name, hat alles gestanden. Er hat die Pferde geraubt. Aber er hat noch viel mehr erzählt, seine ganze Lebensgeschichte. Als er ein kleiner Junge war, war seine Mutter sehr krank. Bald darauf starb sie. Weil Chris immer schon gerne reiten wollte, hat der Vater das ganze Ersparte für ein Pferd eingesetzt. Chris war glücklich mit dem Pferd. Er hat das Reiten schnell gelernt und war geschickt im Umgang mit Pferden. Er hat sein Pferd immer gut gepflegt. Doch eines Tages war es weg – gestohlen. Keine Spur. Kein Geld war da für ein neues Pferd. Das Leben von Chris ging dann ziemlich bergab.

Sein Lebenstraum und seine Familie – nichts war, wie es sein sollte. Chris hat die Schule nicht geschafft und eine Hilfsarbeit in einer Schreinerei aufgenommen. Eines Tages kam er hier an der Horsefarm vorbei – der Stall musste repariert werden. Er sah die vielen Pferde bei uns und dachte, dass es doch nicht so schlimm sein würde, wenn eines oder zwei fehlten. Die Sehnsucht in ihm war so groß." An dieser Stelle muss Regina schlucken. Wir schauen zu Dios und Chris. Chris scheint sich beruhigt zu haben. „Hat er noch mehr erzählt?" „Er hat die Pferde gut behandelt, hat er gesagt. Sie sind seine Freunde geworden. Aber er weiß auch, dass er nun bestraft werden wird." Lange sagen wir nichts. „Muss man ihn bestrafen?", frage ich kleinlaut. Ich erschrecke über meine Worte. Regina schaut mich verwundert an. „Hast du eine andere Idee?" Nein, habe ich natürlich nicht. Ich schweige und bin traurig. Finn denkt laut nach: „Er hat doch auch ein Recht auf ein glückliches Leben. Es scheint, als würde bei ihm alles schief gehen, was er auch macht. Das ist ungerecht!"

Wir setzen uns wieder an den Tisch. Langes Schweigen. „Und wenn Chris seine Strafe abarbeitet – zum Beispiel hier auf dem Hof?", fragt Finn. Regina lacht: „Was ist das denn für eine Idee?" Ich bin enttäuscht, Finn natürlich auch. „In Deutschland ist das bei geringeren

Straftaten eine Möglichkeit. Eine Frau in unserem Dorf hilft in der Kirchengemeinde mit. Sie hätte ins Gefängnis gehen müssen, da sie eine Strafe nicht bezahlen konnte, die ihr wegen Schwarzarbeit verhängt wurde. Jetzt ist sie auf freiem Fuß und muss Sozialstunden leisten. Und dafür muss sie halt nicht ins Gefängnis", betont Finn. Regina denkt nach. „Klingt interessant. Aber wenn er wieder Pferde entführt oder noch Schlimmeres anstellt?" Regina hat Recht. Die Idee ist nicht umsetzbar. Mama sagt immer, Finn hat eine blühende Fantasie. Ich bin sehr traurig in diesem Moment. Und wütend. Da denke ich an Ellys Wegweiser: Jeder Mensch ist wertvoll. Jeder Mensch darf Fehler machen und neu anfangen. Ich fasse Mut: „Ich finde, Finn hat Recht. Es wäre so toll, wenn ihr das wagen würdet. Sollte es schiefgehen, wurde unser Vertrauen in ihn enttäuscht und alle haben verloren. Wenn es aber gelingt, kann Chris ein neues Leben anfangen. Und euch wäre auch geholfen. Chris kann nicht nur mit Pferden umgehen, er kann auch Schreinerarbeiten durchführen, das ist ziemlich nützlich."

Regina überlegt. Sie schaut Chris an. Er merkt natürlich, dass wir die ganze Zeit über ihn reden. Jetzt sieht Regina zu Finn, dann zu mir. „Ihr seid gute Menschen. Vielleicht zu gut? Ich weiß es nicht." Regina schweigt. Ich halte die Situation fast nicht mehr aus. Da sagt Regina: „Ich glaube, wir sollten es versuchen. Nein, besser gesagt: Ich *will* es versuchen." Mir wird ganz heiß. Mein Herz rast wieder. Ist das wirklich richtig? Das ging doch alles viel zu schnell! Was wohl Mama sagen wird? Und erst Elly? Finn sieht gerade ziemlich glücklich aus. Ich bin es eigentlich auch.

Regina wendet sich Dios zu und berichtet von unseren Gedanken. Er hat ja schon die ganze Zeit mitgehört und nickt. Dann spricht Regina auf Griechisch zu Chris. Chris schaut entsetzt, er scheint völlig überrumpelt zu sein und fängt wieder an zu weinen. Er schüttelt den Kopf. Regina übersetzt: „Er glaubt es nicht, denn er denkt von sich, er sei ein schlechter Mensch."

Ich bin aufgebracht und wütend – nicht auf Chris, auch nicht auf irgendeinen Menschen hier im Raum, sondern auf die Umstände, die Chris' Leben bis zu diesem Zeitpunkt bestimmt haben. Bis jetzt habe *ich* nach einem glücklichen Leben gesucht und Wegweiser für *mich* aufgeschrieben. Im Moment scheint es mir jedoch

noch viel wichtiger, dass Chris wieder glücklich werden kann.

Regina ist wieder im Gespräch mit Chris. Beide stehen auf und sie zeigt ihm einen Schlafplatz. Chris schläft heute Nacht im Gästezimmer und Dora, Finn und ich dürfen wieder auf den Balkon. Regina und Dios wollen im Wohnzimmer schlafen. Da bemerken sie leichter, wenn Chris sich aus dem Staub machen will, sagt Regina. Und sie bittet uns, auch schlafen zu gehen. „Wir müssen jetzt einfach einmal unterbrechen, wir können doch alle nicht mehr. Nach dem Schlafen können wir weitersehen." Ich schaue auf die Uhr: Es ist 4.30 Uhr – der neue Tag hat schon längst begonnen. Bald geht die Sonne auf. Dora, Finn und ich legen uns auf unsere Matratzen. Dora schläft wieder schnell ein, ich aber denke und denke … Da dreht sich Finn zu mir. Er lächelt mir zu und zwinkert mit den Augen. Da wird mir klar: Ohne Finn hätten wir das nicht geschafft! Ich nicke ihm anerkennend zu. Finn und Hannes – ich habe tolle Brüder!

19

Sonnenstrahlen wecken mich. Wie lange habe ich geschlafen? Ich schaue auf die Uhr: 8.30 Uhr. Na ja, nicht lange, aber immerhin. Dora schläft noch, Finn ebenfalls. Ich schleiche mich ins Wohnzimmer. Regina und Dios liegen auch noch auf dem Sofa, doch Regina ist schon wach. Ich gehe zu ihr. Sie erzählt, dass Chris in der Nacht noch einmal gekommen sei, geweint habe und alles gar nicht glauben kann. Reginas Stimme wackelt und stockt. „Wir sind ganz schön krasse Heulsusen", sage ich und wir beide müssen jetzt ein wenig lachen. Dios wacht auf und schaut uns erstaunt an.

Ich fühle mich ziemlich taumelig. Kein Wunder nach der kurzen Nacht. Aber ich bin sehr glücklich – superglücklich. Ich sitze auf dem Sofa und wir schweigen. „Hast du deine Mama schon informiert?", fragt Regina. „Nein, bis jetzt noch nicht", antworte ich. „Ich möchte heute gerne bei euch bleiben." Regina holt das Telefon und ruft Mama auf ihrem Handy an. Dann deckt sie den Frühstückstisch. Bald schon klopft es an der Tür. Mama, Elly und Hannes kommen herein. Auch Finn und Dora sind mittlerweile bei uns. Regina bietet Mama einen Kaffee an; Elly und wir Kinder trinken Saft. Regina will gerade beginnen, von den Ereignissen der Nacht zu berichten, da kommt Chris aus dem Zimmer. Er begrüßt uns und fragt, ob er sich dazusetzen darf. „Chris wird bei uns bleiben!", erklärt Regina und lädt ihn ein, am Tisch Platz zu nehmen. Mama verschluckt sich am Kaffee und kleckert sich voll. Alle lachen, nur Mama schaut leicht verstört. Da berichtet Regina kurz und bündig von allem, was vorgefallen ist. Mama schaut Finn und mich stolz an. Ich muss wieder lachen, denn mit den Kaffeeflecken sieht Mama ziemlich ulkig aus.

Manchmal kriege ich so einen Lachkrampf, das ist echt schlimm. Ich kann dann gar nicht mehr aufhören zu lachen. Manchmal ist das völlig unpassend – so wie jetzt. Mama kennt das aber und sie lässt sich leicht anstecken. Wir beide lachen jetzt um die Wette, die anderen frühstücken einfach weiter. Nur Chris schaut uns verwundert an. Er wirkt entspannter als heute Nacht. Es klopft wieder und Lina steht im Haus. „Seid ihr ausgezogen? Ich hab ja gar keine Gäste mehr", sagt sie und zwinkert mir zu. Lina hat frischen Joghurt und Obst dabei. Ein feierliches Frühstück. Chris kommt aus dem Staunen nicht heraus. Finn und Chris lächeln sich an. Krass, denke ich: Vom Verbrecher zum Freund in 48 Stunden. Das ist schon ein wenig unglaublich. Und ich hoffe so sehr, dass alles gut ausgeht.

20

Kurz vor Mittag kommt die Polizei. Regina, Dios und Chris gehen mit den Polizisten in einen anderen Raum. Nach einiger Zeit kommen sie heraus, sichtlich erleichtert. Sie verabschieden sich. Als die Polizei gegangen ist, jubeln wir. Chris darf bleiben. Die Polizisten seien zwar einigermaßen erstaunt gewesen, aber sie würden schon eine Regelung finden.

„Wie alt ist Chris?", frage ich Regina. „Er ist 22 Jahre alt", sagt sie. Ein Jahr älter als Elly, denke ich. Und so verschiedene Lebenswege … Ich hole mein Wegweiser-Büchlein, das ich immer im Rucksack dabei habe. **Ein neuer Tag ist mir geschenkt**

und *ich* kann diesen Tag gestalten. Das ist mein erster Wegweiser gewesen, den ich hier auf Kreta gefunden habe. Ich schaue zu Chris. Er spielt mit Hannes. Die beiden verstehen sich gut, auch wenn sie eine andere Sprache sprechen. Ich hoffe so sehr, dass Chris Schritt für Schritt wieder lernen kann, seinen Tag sinnvoll zu gestalten. Aber wie schwer muss es für ihn sein. Mich überkommt ein Gefühl der Dankbarkeit. Ich bin dankbar für alles, was ich habe und wie ich lebe. Und ich bin dankbar, dass Chris eine Chance bekommt, ein neues Leben anzufangen.

Regina unterbricht meine Gedanken: „Magst du mit Dios und Finn zum Einkaufen fahren? Dios hätte gerne deine Hilfe." „Klar!", rufe ich begeistert. Ich war schon einmal mit Dios einkaufen und es war sehr lustig. Wir verstehen uns gut. Welch ein schöner Tag ist heute!

Dios ist ein fröhlicher Grieche. Er spricht auch ganz gut Deutsch, aber ich verstehe ihn nicht immer. Er spricht manche Buchstaben so lustig aus. Dann lachen wir meistens. Auch heute lachen wir sehr oft. Vor allem, weil Finn nun auch noch versucht, mit Dios auf Englisch zu sprechen. Mir kommt es vor, als ob Dios viel Lebensfreude hat, er wirkt unbeschwert und sehr heiter. „Geht es dir gut?", frage ich ihn. „Mir geht es immer gut, wenn es meiner Familie gut geht – und wenn ich so fröhliche Beifahrer habe." Eine ungewöhnliche Antwort, finde ich. Aber sie hat was. Ja, seiner Familie geht es heute richtig gut, und uns Beifahrern auch. Nach kurzer Fahrt sind wir angekommen, steigen aus und schieben den

Einkaufswagen in den Laden. Dios holt den Zettel aus der Tasche, auf dem er sich die nötigen Einkäufe notiert hat, und stöbert die Regale durch. Schnell füllt sich der Wagen. „Sucht doch auch etwas, das ihr mögt!“, fordert er Finn und mich auf. Dabei zwinkert er mit den Augen und nickt uns fröhlich zu. Das lassen wir uns nicht zweimal sagen. Finn und ich schlendern durch den Laden. Dabei beobachten wir die Leute. Es sind viele Griechen, wir entdecken aber auch manche Touristen. Mir wird bewusst, dass ich mich nicht mehr als Urlauberin fühle, sondern als eine, die hier dazugehört. Bei Finn ist es sicher ähnlich. Das macht mich stolz. Während ich herumlaufe und nachdenke, stoße ich fast mit Dios und dem schon überfüllten Einkaufswagen zusammen. Dios lacht: „Bist du müde?“ Ich lache auch. „Nein, ich bin hellwach.“ Dios zeigt uns einen neuen Bereich in diesem Einkaufsmarkt, der von einem Deutschen gestaltet wurde, der als Künstler jeden Winter auf Kreta verbringt. Er bietet Zeichenkurse an und ist sehr beliebt. Manchmal reitet er auch auf der Horsefarm, berichtet Dios. Wir schauen uns die Postkarten genauer an, die er gestaltet hat. Mein Blick fällt auf eine Postkarte mit einem aufgeschlagenen Buch. Dort steht ein Spruch, der mich total in Gedanken versinken lässt: „Aus dem Buch deines Lebens kannst du keine Seiten heraustrennen, aber immer wieder ein neues Kapitel beginnen.“ Ich denke nach. Toller Spruch. Und so wahr, für jeden Menschen. Ich denke wieder an

Chris. Chris darf ein neues Kapitel beginnen. Mit unserer Hilfe! Ich nehme die Karte aus dem Ständer und zeige sie Finn. Er nickt anerkennend. Ich möchte wieder zurück zu den anderen. Dios schaut mich fragend an und findet mich wohl recht bescheiden … Finn zeigt Dios eine wunderbar riechende Seife, die er gerne mitnehmen möchte. Dios stimmt zu. Wir gehen zur Kasse, bezahlen und laden den Einkauf ins Auto. Und schon sind wir wieder auf der Rückfahrt. Ich halte die Karte in der Hand und denke nach. „Warum ist dir die Karte so wichtig?“, fragt Dios. „Weil sie Mut macht!“, entgegne ich. Dios lächelt.

Schon sind wir auf dem Hof. Wir steigen aus. Da kommen Hannes und Chris aus dem Stall. Sie lachen. Hannes ruft: „Kalimera!“ Und schon rennen die beiden wieder fort. Ich kann meine Empfindung nicht in Worte fassen. Aber es scheint so, als würde Chris seine verlorene Kindheit nachholen. Das ist eigentlich ziemlich traurig – aber es ist auch schön.

Regina ruft uns zum Kaffeetrinken. Doch Finn und ich helfen erst Dios beim Ausladen. Er freut sich und pfeift. Kurz darauf sitzen wir alle zusammen, auch Elly und Mama sind gekommen. Wir tauschen uns aus. Finn gibt Regina die Seife. „Für mich?“, fragt sie. „Ja“, sagt Finn fröhlich. „Ich denke, du hast ein entspannendes Bad verdient!“ Regina ist überrascht und freut sich sehr. Toll, denke ich bei mir, dass Finn an Regina gedacht hat. Aber wie soll sie mit einer Seife baden? Ich lache in mich hinein. So langsam überfällt mich auch die Müdigkeit. „Ich würde mich gerne ein bisschen ausruhen. Darf ich ins Apartment?" „Klar", sagt Mama. Ich gehe den Hügel hinunter, begrüße Lina und verkrieche mich im Bett. Mir kommt der Gedanke, dass ich noch nie so intensiv gelebt habe. Ich erschrecke fast beim Nachdenken. Das klingt irgendwie abgehoben. Aber es ist wahr. Und ich schlafe ein.

21

Von Ferne höre ich ein Ticken, oder ist es ein Klopfen? Ich öffne meine Augen. Ich sehe Lina. Sie schaut vorsichtig zur Tür herein. „Geht es dir gut?", fragt sie etwas besorgt. Ich bin noch ganz taumelig und nicke. Lina kommt und setzt sich an mein Bett. Sie hat ein Buch dabei und sofort schießt mir der Gedanke in den Sinn, es könnten Linas Wegweiser sein. Ich setze mich ruckartig auf und schaue Lina erwartungsvoll an. Lina lächelt. „Wer fängt an?", fragt sie. „Beide gleichzeitig!", sage ich. „Du darfst in meinem Buch lesen und ich in deinem." Lina nickt und gibt mir ihr Buch in die Hand. Ich hole meines und gebe es ihr. Wir lesen und schweigen. Ich bin ziemlich aufgeregt. Linas Schrift ist wunderschön. „Wie alt warst du, als du das Buch geschrieben hast?", frage ich. „Ungefähr in deinem Alter." Krass, denke ich. „So schön schreibt niemand aus meiner Klasse, nicht einmal meine Lehrer." Lina lacht. Ich lese weiter. Und ich kann es nicht fassen. Ich schaue Lina an. Sie nickt und lächelt. Denkt sie dasselbe wie ich? „Ich glaube, wir sind uns ähnlich!", sagt Lina nach einer Pause des Nachdenkens. „Und wie ähnlich“, sage ich – immer noch erstaunt. Denn würde man die Unterschiede in der Schrift nicht erkennen und wüsste man nichts über die beiden Schreiberinnen, man würde meinen, die beiden Bücher seien in Gemeinschaftsarbeit entstanden. Die Wegweiser ähneln sich. Bis auf einen gravierenden Unterschied: Nur bei mir kommen Gott und Glaube vor. „Welcher Wegweiser gefällt dir am besten?“, fragt Lina. Ich schaue alle Seiten des Buches nochmals lange an. Dann sage ich: „Dieser hier!“ Ich zeige auf die achte Seite. Dort steht geschrieben: **„Begegne anderen Menschen mit Freundlichkeit. Freundlichkeit kostet nichts. Aber sie macht den Augenblick wertvoll.“** Lina nickt und lächelt. „Kannst du sagen, warum du den Satz gewählt hast?“ Ich denke nach. „Ich glaube, ich habe ihn gewählt, weil ich merke, dass du danach lebst. Ich habe das schon oft gespürt, konnte aber nicht erklären, warum ich gerne in deiner Nähe bin.“ Lina lächelt, dann umarmt sie mich.

„Jetzt bist du an der Reihe!“, fordere ich Lina auf. Lina überlegt gar nicht lange. „Mir gefällt am besten: **Entdecke deinen Glauben, der dich durch dein Leben begleitet. Und lerne, mit deinen Zweifeln zu leben.**“ Lina wählt den Spruch, den auch Elly gewählt hat. Und sie wählt genau das, was in ihrem Buch fehlt.

„Warum?“, frage ich kurz. Lina schaut aus dem Fenster. Sie schweigt lange. Dann sagt sie leise: „Nie habe ich von Gott gehört, als ich Kind war. Als Jugendliche konnte ich nichts damit anfangen. Ich fand Menschen, die einen Glauben hatten, so weltfremd. Ich habe keinen Zugang gefunden, lange Zeit. Bis ich Elly kennengelernt habe. Sie strahlt so eine Zuversicht und Hoffnung aus. Das bewegt mich sehr.“ „Aber du strahlst das auch alles aus“, sage ich schnell und mit voller Überzeugung. „Ja, das freut mich, wenn du das spürst. Aber ich glaube, ich musste mir das hart erarbeiten. Und irgendwie fühlt es sich bei Elly so leicht an.“ Lina ist heute so offen zu mir. Ich komme mir im Moment sehr erwachsen vor. Hoffentlich mache ich alles richtig. „Also ich habe schon viel von Gott gehört, als ich Kind war“, sage ich. „Ich war auch in der Kinderkirche und bin jetzt konfirmiert. Und trotzdem fällt mir der Glaube schwer und ich frage mich manchmal, ob das nicht weltfremd ist oder nur ausgedacht oder so. Ich habe auch meine Zweifel. Das ist doch ganz ähnlich wie bei dir.“ Lina schaut mich ernst an. „Aber was du als Kind bekommen hast, kann dir keiner nehmen. Das ist wie ein Zuhause mit einem eigenen Zimmer, in das du zurückkehren kannst, wenn du einmal weg warst. Vielleicht musst du dein Zuhause jetzt neu einrichten, die Kindermöbel entfernen und so. Verstehst du? Aber das Zimmer ist da.“ Ich versuche, das Bild zu verstehen. Coole Idee: Kindermöbel entfernen.

Das Zimmer neu einrichten. Vielleicht mit Elly? Und Mama! Und meinen Wegweisern? Und mit Anna!

Gemeinsam schauen wir in die Ferne, Lina und ich. Da fällt mir etwas ein. Ich hole die Postkarte aus meiner Tasche, die ich eigentlich Chris mitbringen wollte, und lege sie Lina auf den Schoß. Lina liest den Spruch, schaut aus dem Fenster, sehr lange, liest wieder, dann schaut sie mich an. „Genau das habe ich gesucht!“, sagt Lina. Ich blicke fragend in ihr Gesicht. Was meint sie denn damit? Lina legt die Karte in ihr Buch, gibt mir einen Kuss und sagt: „Ich muss jetzt das Abendessen kochen. Kommt ihr nachher alle zum Essen?“ „Klar, ich sage den anderen Bescheid!“, rufe ich Lina nach.

Die Tür ist zu. Mir ist heiß! Ich verstehe nicht ganz, was gerade passiert ist. Die Idee mit dem Zimmer finde ich aber krass. Das fühlt sich nach Freiheit an. Ich kann mein Zimmer immer wieder neu einrichten und ich kann dankbar sein, dass ich das Zimmer habe. Aber Lina kann sich auch ein Zimmer einrichten. Sie kann einfach ein anderes freiräumen oder umgestalten. Oder etwa nicht? Ich finde, die Postkarte passt wirklich gut. Mit einem Schwung stehe ich auf meinen Beinen, schaue kurz in den Spiegel und renne dann wieder zur Horsefarm.

22

„Na, gut ausgeruht?“, fragt Elly. Wenn Elly wüsste, was gerade los war. „Ja, ich bin wieder fit. Lina hat uns alle zum Essen eingeladen“, rufe ich in die Runde. Ich gebe Elly ein Zeichen, dass wir ein wenig spazieren gehen wollen. Elly kommt. Wir gehen zu den Pferden. Ich erzähle ihr von meinem Gespräch mit Lina. Elly hört aufmerksam zu. Mal sehen, was sie jetzt sagt. Ich bin so gespannt! „Die Idee mit dem Zimmer ist total schön!“, sagt Elly. Und dann sagt sie noch: „Ich glaube, jeder Mensch hat ein solches Zimmer. Man muss es nur gezeigt bekommen oder irgendwie selbst finden. Man kann jederzeit mit dem Einrichten beginnen.“ Wir streicheln die Pferde. Dann sagt Elly noch: „Aber Lina hat sicher recht. Wenn du als Kind das Zimmer kennenlernst, findest du es leichter wieder. Und du kannst es immer wieder umgestalten. Das solltest du auch. Dein Zimmer soll ja modern sein.“ Elly grinst. „Kann ich es ganz nach meinem Geschmack einrichten?“, frage ich. Versteht Elly, was ich meine? „Hm, du bist ziemlich frei darin, das denke ich schon. Aber so ein paar Möbelstücke dürfen nicht fehlen.“ Elly hat mich verstanden, vermute ich. Doch jetzt verstehe ich sie nicht. Elly erkennt das sofort. Und sie sagt: „Der Glaube muss immer zu deinem persönlichen Glauben werden, sonst kannst du nicht mit ihm leben. Aber ein paar Grundlagen, die für alle Glaubenden gelten, gehören ohne Zweifel zum christlichen Glauben dazu.“ „Und was meinst du genau?“, frage ich. Elly lacht. „Das weißt du!“, sagt sie. „Aber vielleicht hast du dein Wissen in deinen Schrank geräumt und die Tür zugemacht. Darum findest du es gerade nicht.

Dann such mal schön!“ „Hey, du bist gemein!“, rufe ich empört. Jetzt lachen wir beide. „Fang mich!“, rufe ich. Und ich renne Elly davon.

23

Lina hat eine lange Tafel für uns aufgestellt und feierlich dekoriert. Finn hat ihr geholfen. Hey, der ist ja ganz verwandelt, seitdem er in England war. Hoffentlich hilft er daheim dann auch so viel … Finn zwinkert mir zu. Er ahnt bestimmt, was ich denke. Soll er nur … Da fällt mir auf: Es ist der letzte gemeinsame Abend. Elly fliegt morgen früh, wir fliegen morgen Abend nach Hause. Ich muss aufpassen, dass mir jetzt keine Tränen kommen. Lina sieht mich und winkt mich zu sich in die Küche. Da hängt meine Postkarte. Lina scheint sich immer noch zu freuen. „Elly hat gesagt, jeder Mensch hat ein Zimmer frei, das er einrichten kann“, sage ich selbstbewusst. „Wenn es nicht mit anderem Kram vollgestellt ist!“, entgegnet Lina. Sie zwinkert mit den Augen. Und sie fügt hinzu: „Ich habe durch deine Karte verstanden, dass immer der richtige Augenblick sein kann, etwas Neues zu beginnen. Ich fange heute an.“ Jetzt strahlt Lina. Doch dann sagt sie: „Ich werde euch vermissen, wenn ihr wieder in Deutschland seid.“ „Ich werde dich und alles hier auch vermissen!“, betone ich. „Zum Glück hat dein Buch noch einige Seiten frei“, sagt Lina. „Du darfst nie aufhören, Wegweiser zu sammeln! Das siehst du ja an mir. Versprichst du mir das?“ „Klar!“, rufe ich fröhlich. Während ich darüber nachdenke, kommt Hannes in die Küche gerannt. „Lina, machst du für Chris die Spezialpizza mit Pommes und Tzaziki? Das schmeckt ihm bestimmt.“ Lina lacht: „Ich mach’ für euch alles, was ihr mögt.“

Ein fröhlicher Abend vergeht wie im Flug. Immer wieder schaut Elly mich an. Ob sie auch traurig ist? Da fällt mir etwas ein und ich rufe laut: „Du hast deine Lieder ja gar nicht geschafft!“ Ich bin entsetzt. Habe ich sie von ihrer Arbeit abgehalten? Elly schüttelt den Kopf. „Stimmt, aber ich habe jetzt Stoff für mindestens zehn grandiose Lieder!“ Regina ist begeistert. „Wie wäre ein Treffen im nächsten Jahr in dieser Runde und Elly trägt uns ihre Lieder vor?“ Alle klatschen. Ich schaue Chris an. Er versteht nicht, was wir sagen. Aber er sieht zufrieden aus. Vielleicht wird er uns auch vermissen. Ob das Experiment gut geht? Wir werden es erfahren. Ich habe jedoch Vertrauen, dass die Entscheidung richtig war.

Der nächste Morgen kommt viel zu schnell. Ich umarme Elly lange. Mir fällt nichts ein, was ich sagen könnte. Elly flüstert: „Ich freue mich, dass ich dich kennengelernt habe, dass ich so viel mit dir erlebt habe – und bald zeigst du mir deine Zimmereinrichtung, o.k.?“ „Ja!“, sage ich bestätigend. Mehr kriege ich jetzt nicht heraus. Alle winken zum Abschied, während der Bus Elly Richtung Flughafen fährt.

Lina macht heute einen fröhlichen und sorglosen Eindruck. Ich begleite sie in die Küche. Neben der Postkarte hängt jetzt ein kleiner Zettel: „Zimmer frei!“ Wie

cool ist unsere Geheimsprache, denke ich bei mir.

Der Tag vergeht wie im Flug. Koffer packen, Mitbringsel kaufen, nochmals reiten, Hannes mit Finn und Chris toben sehen, Regina helfen, mit Lina Tee trinken. Am Abend steht Dios mit seinem Auto vor Linas Restaurant. Wir laden die Koffer ein. Und dann beginnt die Umarmungsrunde. Als ich bei Chris angekommen bin, sehe ich, dass er weint. Das kann ich verstehen. Ich umarme ihn. Irgendwie bin ich traurig und glücklich zugleich. Ich wünsche mir am allermeisten, dass es mit ihm bergauf geht. Mit Regina hatte ich darüber gesprochen, ob er auch ein Büchlein für Wegweiser braucht. Regina meinte, für Chris sei erst einmal etwas anderes dran: die Erfahrung, dass ihre Familie ihm vertraut. Mehr brauche er im Moment nicht. Ich denke, sie hat recht.

Die Fahrt zum Flughafen dauert knapp eine Stunde. Mama und ich sind still, doch Hannes, Finn und Dios machen Quatsch. Ich höre zu und lache ein bisschen mit. Plötzlich kommt mir Anna in den Sinn. Ein Gefühl von Sehnsucht und Vorfreude packt mich. Ja, ich freue mich auch auf zu Hause. Wir verabschieden uns von Dios. „Kommt gut heim und bis zum nächsten Jahr!“, ruft er uns zu. „Dann macht ihr aber richtig Urlaub!“ Dios lacht. Was er wohl meint? „Das war der richtigste Urlaub aller Zeiten!“, rufe ich zurück. Und schon sind wir im Flughafen.

Noch einige Gedanken zum Schluss ...

Das war meine Geschichte. Ich sitze hier in meinem Zimmer an meinem Schreibtisch, schaue nach draußen und habe versucht alles aufzuschreiben. Krass. Ach, Moment, ich muss doch noch etwas erzählen. Der Flug war o.k., in Deutschland hat es geregnet und wir haben ziemlich gefroren. Zu Hause angekommen, bin ich in mein Zimmer gegangen. Dort war es irgendwie kuschelig warm. Ich habe mich umgesehen. Alles war wie immer. Und doch war alles anders. Ich kann das nicht beschreiben. Als würde ich mit anderen Augen in die Welt blicken.

Jeder Mensch kann die Welt so oder so betrachten. Jeder kann sein Leben so oder so leben. *Jeder* kann selbst entscheiden. Und jeder *muss* sogar entscheiden. Mir ist das in diesem Sommer bewusst geworden.

Mit Anna habe ich die ganze Nacht zusammengesessen. Wir haben keinen Film geguckt, nichts am Computer gemacht. Wir haben geredet und geredet. Anna freut sich auf das nächste Jahr. Sie freut sich, dass sie mitkommen darf. Nach Mitternacht haben wir begonnen, mit Elly SMS hin und her zu schreiben. Das ging bis zum frühen Morgen weiter. Elly ist auch gut angekommen, doch sie hat Sehnsucht nach uns – und sie schreibt schon an ihren Liedern. Sie möchte uns bald besuchen, dann singt sie uns ihre neuen Lieder vor. Und ich bin schon ganz gespannt, wie Anna und Elly sich verstehen werden.

Chris können wir nicht so schnell besuchen. Er muss seinen eigenen Weg gehen lernen. Ich bin mir sicher, Regina und Dios werden ihm helfen. Und Lina? Wie wird sie wohl ihr Zimmer einrichten? Wird sie es mir im nächsten Jahr erzählen? Und wie werde ich mein Zimmer bis dahin einrichten? Erst muss ich im Schrank nachsehen, wo meine Unterlagen geblieben sind. Gott sei Dank hat Elly versprochen, mir zu helfen. Gott? Ja, Gott!

Ich glaube, es ist gut, wenn das Leben manchmal verrückt verläuft. So wie bei mir in diesem Sommer. Manchmal läuft alles glatt und manchmal ist alles durcheinander. Das Leben ist mal ruhig und mal ist es eine Achterbahn. Gut oder schlecht? Ich weiß es nicht. Es kommt vermutlich immer darauf an, was ich aus meinem Leben mache.

Im Calwer Verlag außerdem noch erschienen:

Bodo Meier-Böhme — Band 5

Tod im Kolosseum

Sechs Freunde und die ersten Christen in Rom

ctb 115, 328 Seiten

ISBN 978-3-7668-4096-7

Die „Sechs Freunde“ sind entsetzt! In einer Ausstellung über das alte Rom ist das Skelett eines Mädchens ausgestellt, das von einem großen Tier zu Tode gebissen worden war. Wie ist das passiert? Wer ist schuld an diesem Unglück? Die Freunde wollen nicht tatenlos bleiben und beschließen, etwas dagegen zu unternehmen. So eine Grausamkeit muss verhindert werden …

Sarah und Jonas fahren mit einer Zeitmaschine in das Jahr 250 n.Chr. und machen sich auf die Suche nach dem Schicksal des Mädchens. Werden sie sie in den engen Straßen der Millionenstadt Rom finden? Und werden sie sie vor dem grausamen Tod bewahren können?

Bodo Meier-Böhme — Band 4

Die Falle des Teufels

Sechs Freunde und die Reformation

ctb 82, 206 Seiten

ISBN 978-3-7668-3696-0

Daniel ist richtig merkwürdig geworden. Oft plagen ihn heftige Kopfschmerzen. Hat das vielleicht mit dem eigenartigen Fläschchen zu tun, das ihn vor einiger Zeit am Kopf getroffen hat?

Weit weg und lange her, im späten Mittelalter, passieren ebenfalls seltsame Dinge. Ein unheimlicher Fremder versucht Thomas mit einem Fläschchen in seinen Bann zu ziehen.

Wie hängt das Schicksal der beiden Jungen zusammen? Dieses Rätsel lässt sich nur auf der Wartburg lösen. Deshalb begeben sich Daniels Freunde auf den weiten Weg zurück in das ereignisreiche Jahr 1521, wo sie miterleben, wie ein Mönch namens Martin Luther die Welt verändert ...

Band 3

Bodo Meier-Böhme
Der verlorene Sonntag
Sechs Freunde und
die Zehn Gebote
ctb 80, 103 Seiten
ISBN 978-3-7668-3644-1

Irgendetwas fehlt. Gab es nicht einmal einen Tag, an dem man ausschlafen konnte und nicht zur Schule oder zur Arbeit musste – einen Tag, den man einfach genießen konnte? Außer Anja scheint sich niemand an diesen Tag erinnern zu können ...
Gemeinsam mit ihren Freunden macht sie sich auf die Suche nach dem verlorenen Sonntag. Mit ihrer Zeitmaschine reisen sie zu Moses auf den Sinai und erleben spannende Abenteuer.

Band 2

Bodo Meier-Böhme
Der doppelte Philipp
Sechs Freunde und die
Erschaffung des Menschen
ctb 75, 126 Seiten
ISBN 978-3-7668-3597-0

Band 1

Bodo Meier-Böhme
Die Spur führt nach Samos
Sechs Freunde und der
Apostel Paulus
ctb 70, 118 Seiten
ISBN 978-3-7668-3564-2